La Femme de ses Rêves

Il est obsédé par la jeune beauté qui lui a volé son cœur

Ashley Colem

This is a work of fiction. Similarities to real people, places, or events are entirely coincidental.

LA FEMME DE SES RÊVES: IL EST OBSÉDÉ PAR LA JEUNE BEAUTÉ QUI LUI A VOLÉ SON CŒUR

First edition. November 14, 2023.

Copyright © 2023 Ashley Colem.

ISBN: 979-8223341444

Written by Ashley Colem.

Also by Ashley Colem

Bien Trop Brutal
Obsede Par Elle
Limite dépassée
Amour Improbable
Kataliya, la Parfaite Élue
Le Choix Ultime d'un Seul Amour
Réveille-toi, Barbara
Sexe à Répétition
Taïna est en feu
La Femme de ses Rêves: Il est obsédé par la jeune beauté qui lui a volé
son cœur
Le No 1 des Connards: Il ne cherche pas d'excuses pour ce qu'il est ou
ce qu'il fait

Martine Nicklas ne vivait pas sa meilleure vie, mais elle faisait tout ce qu'elle pouvait pour y arriver. Après que son père ait été arrêté pour détournement de fonds, elle s'est retrouvée sans le sou. Elle a donc emprunté la voiture d'un ami et a décidé de gagner un peu d'argent en tant que conductrice. Ce n'était pas le travail le plus sûr, mais elle n'avait pas vraiment le choix. Ce n'était pas si grave, jusqu'à ce qu'il arrive une nuit.

Dodley Colin est un bourreau de travail qui n'a pas de temps pour les femmes. Lorsque la personne qui lui pointe une bombe de gaz poivré sous le visage se révèle être la femme de ses rêves, tout change soudainement. Il est obsédé par la jeune beauté qui lui a volé son cœur, mais elle fait tout ce qu'elle peut pour ériger ses murs et le tenir à l'écart. C'est tout simplement dommage qu'il ait un marteau et qu'il sache s'en servir.

Chapitre 1

Martine

Pendant que je m'étire, je roule sur le côté et je sens que je commence à tomber. Je glisse par-dessus le bord du canapé et me rattrape juste avant de faire face à la plante sur le parquet ciré. S'il y a une chose qui me manque dans mon ancienne vie, c'est bien un lit. C'est triste parce que mes parents devraient me manquer, mais je ne les reverrai plus jamais à moins que ce ne soit aux informations.

Je m'assois par terre et soupire. Je continue de tomber du canapé et je suis presque sûr que ma chance va tourner et que je me retrouverai avec le nez en sang. Mais ce ne sera rien comparé à la manière dont ma vie s'est effondrée.

Les fédéraux ont pris d'assaut notre immeuble et ont emmené ma mère au moment même où la porte de la cellule de mon père se fermait. Tout chez mon père était une imposture. Il a été l'un des plus grands fraudeurs de tous les temps et j'ai entendu des rumeurs selon lesquelles un film serait tourné à ce sujet. Yippi pour moi. Les journalistes sortiront du bois pour me trouver et me poser des questions. Ils seront déçus d'apprendre que je ne savais rien.

Je n'ai pas été choqué par la nouvelle car je savais depuis mon plus jeune âge que même si l'on portait un costume chic, on pouvait toujours être un criminel. Tu n'es qu'un voyou qui sait bien s'habiller. Si vous me demandez, c'est plus effrayant que la facilité avec laquelle mon père pouvait se glisser dans une personne puis dans une autre. Je ne sais toujours pas qui il est vraiment.

Heureusement, aucun des deux parents ne voulait beaucoup de moi. Si je devais deviner, j'aurais fait une erreur mais je n'ai jamais demandé. Il était clair que mes parents avaient peut-être été amoureux à un moment donné, mais qu'ils n'étaient finalement ensemble que parce que cela profitait à tous les deux.

L'internat local était un rêve pour nous tous, même si je détestais cet endroit. Au moins là, j'avais l'impression d'être laissé seul pour la plupart. J'ai joué le rôle pendant que j'étais là-bas et j'ai fait tout ce qui me permettait de m'intégrer. Je n'ai jamais vraiment eu le sentiment d'appartenir à moi, alors peut-être que je ressemble plus à mon père que je ne le pense.

Lorsque mes parents ont été arrêtés, on m'a tout arraché et je suis resté seul. Je m'étais toujours considéré comme un solitaire, mais ce n'est que lorsque tout le monde était vraiment parti que j'ai commencé à comprendre la réalité de ce que cela signifiait réellement. Même si je n'étais pas proche de mes parents, ils constituaient un filet de sécurité. Un internat n'était pas un endroit où l'on pouvait rester si personne ne payait la note.

J'ai vu des parents proches de leurs enfants, mais j'en ai vu une grande majorité qui étaient comme les miens. Je ne savais pas dans quelle direction était normal mais j'étais heureux de ne pas être près du mien quand tout a été dit et fait. Peut-être que cela a permis de ramasser plus facilement les morceaux qu'ils ont laissés derrière eux, mais étant donné que je le fais toujours, qu'est-ce que j'en sais.

J'efface le sommeil de mes yeux sachant que la journée va être longue. Je travaillais tard, mais chaque fois que j'essayais de mettre fin à la soirée, mon alerte sonnait pour me faire savoir que quelqu'un d'autre avait besoin d'un taxi. Pour moi, chaque trajet signifiait plus d'argent. Je savais que je ne devrais pas aller chercher des gens aussi tard dans la région où je me trouvais, mais il est difficile de refuser de l'argent quand j'en ai besoin. La seule chose que je n'avais jamais réalisé, c'était combien ça coûtait de vivre.

J'ai été placé dans le système de placement familial de l'État pendant six mois jusqu'à mon dix-huitième anniversaire. Il ne restait plus rien de ma famille et tous leurs avoirs ont été gelés. Le gouvernement l'a gardé pour essayer de réparer les dommages causés par mon père.

Personne ne m'accepterait parce que je serais devenu NicolasNicolasLa fille contaminée. La plupart de mes amis étaient partis depuis que leurs parents leur avaient dit de ne rien avoir à faire avec moi. D'autres avaient continué leur vie lorsqu'ils étaient partis pour aller à l'université. J'ai eu de la chance lorsque ma seule amie, Cara, m'a accueilli. Elle m'a laissé m'asseoir sur son canapé et utiliser sa voiture, ce qui était mon seul moyen de gagner ma vie. Nous n'avions jamais été proches à l'école, mais quand je l'ai rencontrée et qu'elle m'a fait l'offre, je n'ai pas pu la refuser. Je venais tout juste d'être licencié du système de placement familial et je n'avais aucune idée de ce que j'allais faire ensuite. Toutes ces années passées dans une école privée chic ne m'ont pas préparé à la pauvreté.

Cara et moi avons conclu un accord lorsque j'ai emménagé. J'ai accepté de faire ses devoirs d'université et elle prend une partie de mes gains chaque soir. En échange, je peux dormir sur son canapé et utiliser sa voiture gratuitement. Quel choix ai-je ? J'essaie de rassembler assez d'argent pour avoir mon propre logement, mais cela me laisserait sans voiture. Je comprends. Heureusement, elle n'a pas besoin de sa voiture et elle est en pause scolaire. Mais au rythme où je vais, je ne pourrai jamais m'en sortir.

C'est comme des sables mouvants ; plus j'essaie de me frayer un chemin, plus vite je coule. Cela n'aide pas que je sois presque sûr que Cara me fait payer pour l'utilisation de sa voiture parce qu'elle veut de l'argent. Je pense qu'elle s'en fout puisque son dealer n'accepte pas la carte de crédit de papa. Mais que puis-je vraiment dire ? Je n'ai plus le choix maintenant que ma vie est entre les mains d'un cokehead.

"Tu as été dans des endroits pires", me rappelle-je en remontant mes fesses sur le canapé.

Cara arrive en trébuchant dans la maison et je jette un coup d'œil à l'horloge pour m'assurer de bien la lire. Elle devrait encore dormir, mais la voici avec des cheveux blonds en désordre, du maquillage taché et ses chaussures de marque à la main. Elle ressemble à un désastre. Elle utilise quelque chose, mais nous ne sommes pas assez proches pour que je lui pose la question. Je ne veux pas non plus m'en prendre à la personne qui garde un toit au-dessus de ma tête et un travail entre mes mains.

"Hé," dis-je en me raclant la gorge.

« Ne me jugez pas ; au moins je m'envoie en l'air. Elle me dépasse jusqu'à sa chambre et claque la porte derrière elle.

Qu'est-ce que c'était que ça ? Je soupire en me levant pour fermer la porte d'entrée qu'elle a laissée grande ouverte. Je dois sortir d'ici avant qu'elle ne se réveille de sa sieste. Elle va simplement se lever et recommencer ce qu'elle a fait la nuit dernière.

Lorsque j'essaie de fermer la porte, une main claque dessus pour l'empêcher de bouger. Je lève les yeux vers Lance, le frère aîné de Cara. Mon Dieu, je ne pense pas l'avoir vu depuis qu'il a obtenu son diplôme. Il avait quelques années de plus que nous et était parti à l'université après mes débuts. Tous les étudiants de première année de ma classe étaient heureux de le voir partir. C'était un imbécile arrogant qui intimidait tout le monde. Malheureusement, la plupart des autres garçons ont fini par faire la même chose quand nous avons grandi. C'est fou comme les gens peuvent devenir la personne qu'ils détestent, mais je me suis fait la promesse de ne plus devenir pareil.

« Martine ? » dit-il en me regardant. Il ne se souvient probablement de mon nom que parce que mes parents ont été arrêtés et non parce qu'il se souvient de l'élève maigre de troisième qu'il appelait « cuisses de poulet ». « Tu as vraiment grandi. » Ses yeux se déplacent partout sur moi et je dois me battre pour ne pas bouger.

"Merci", je réponds, car je ne sais pas quoi dire d'autre à son commentaire. Ce n'est pas comme si je pouvais le rendre car il n'y a rien de gentil à dire sur Lance. "Cara dort", lui dis-je, en espérant qu'il partira et reviendra plus tard. Plus tard, pendant mon absence.

"Ouais, je pensais l'avoir vue faire la marche de la honte." Il me dépasse, se laissant entrer.

Je recule pour que son corps ne touche pas le mien et je ferme la porte à contrecœur. Il ne va nulle part et je ne peux pas l'expulser. Lance se laisse tomber sur le canapé et s'installe sur mon lit. Je jette un coup d'œil au sac qu'il a laissé tomber en chemin et je remarque qu'il est plus gros qu'un sac à dos. Je prie pour que ce ne soit pas ce que je pense. Honnêtement, j'avais oublié le frère de Cara et elle n'en parle jamais. Il ne peut pas rester là pour rester, et pourquoi le voudrait-il ? Je suis sûr qu'il peut se permettre un hôtel ou quelque chose comme ça, et lui et Cara ne sont pas proches.

Le logement de Cara est agréable et assez spacieux pour être en ville, mais il est impossible que trois personnes puissent rester ici. En plus de cela, je suis presque sûr que les parents de Cara ne seraient pas heureux s'ils connaissaient l'arrangement qu'elle et moi avions conclu. Ils figuraient probablement sur la liste des parents qui ont dit à leurs enfants de rester loin de moi. Mon père leur aurait peut-être aussi volé des millions, d'après ce que je sais. J'ai essayé de rester aussi loin que possible de ce cercle, mais me voilà en plein milieu des choses.

Cara sort de sa chambre quelques instants plus tard. On dirait qu'elle s'est un peu nettoyée, mais une fois qu'elle réalise que son frère est sur le canapé, elle recommence à froncer les sourcils.

"Que faites-vous ici?" lui demande-t-elle en se préparant du café. Elle doit sauter la sieste. Je la regarde, remarquant qu'elle a plus d'avantages dans sa démarche qu'elle n'en avait il y a quelques minutes. « Tu es censé rester avec tes parents », lui rappelle-t-elle.

« Ils font refaire les putains de sols. Ils ont oublié les vacances d'hiver.

Cara lève les yeux au ciel, pas choquée. « Et un hôtel ? » elle coupe, et on dirait qu'elle ne veut pas de lui ici non plus. J'ai vécu avec des garçons lorsque j'étais dans une famille d'accueil et ce n'est pas quelque chose que je veux refaire un jour.

"Allez. Cela ne fait que quelques jours. Il le dit avec un sourire taquin tout en ignorant ses allusions pas si subtiles.

« Très bien, prends la chambre d'amis. C'est un gâchis, donc tu devras le nettoyer. Elle pose ses mains sur ses hanches comme si elle était prête à s'en prendre à lui. Ils sont peut-être en colère l'un contre l'autre, mais il y a toujours cet amour sous-jacent. Je le vois dans la façon dont ils se regardent. "Juste deux nuits."

Peut-être que je pourrais dormir dans la voiture pendant ces deux nuits. Il y a quelque chose chez Lance qui m'a toujours frotté.

"Nous verrons combien de temps prennent les étages", dit Lance avant de tourner la tête pour me faire un clin d'œil.

Il ferait mieux de ne pas essayer de prendre le canapé. Cara a une deuxième chambre, mais elle est si petite que ça me fait flipper. Je n'étais en famille d'accueil que depuis six mois, mais cela m'a ruiné avec des espaces restreints.

"Et laisse-la tranquille", lance Cara à Lance.

« Maman et papa savent qu'elle est là ? » lui lance-t-il. Oh putain, il va me faire virer d'ici.

« Ne joue pas à ce jeu avec moi, Lance. Je sais où vos corps sont enterrés. Cette université chic dont vous êtes sur le point d'obtenir votre diplôme ne vous a-t-elle pas appris quelque chose ? Ne vous lancez jamais dans une bataille que vous savez que vous allez perdre. Elle le regarde durement et il ne lui dit rien d'autre. Elle doit avoir de bonnes merdes sur lui.

Cara prend son café et retourne dans sa chambre, me laissant seule avec son frère.

"Alors, tu as des projets aujourd'hui?" il demande.

"J'ai du travail, ce qui veut dire que je dois avancer."

Je prends mon sac et vais aux toilettes. Je me demande encore si je devrais dormir dans la voiture ce soir. Je bâille, sachant que je devrai y réfléchir plus tard. Je vois déjà mon application professionnelle prendre vie avec des personnes ayant besoin de déplacements tout autour de moi. Il n'y a pas de temps pour se préparer.

Je me change rapidement avant de me rendre au salon et de déposer mon sac dans le coin. Lance me regarde tout le temps et ça me donne la chair de poule. J'ai appris à faire confiance à mon instinct car d'après ce que j'ai vécu, je sais qu'il y a des prédateurs partout.

"Je m'en vais", lui dis-je, et Lance me regarde comme si j'étais fou.

Je porte un jean et un sweat-shirt ample. J'ai même mis mes cheveux dans un chapeau, essayant de ressembler davantage à un garçon. C'est plus facile ainsi avec certains des fous que j'ai accompagnés.

"Comme ça?" Il lève un sourcil en signe de jugement.

Comment il parvient à me surveiller tout en me regardant comme si j'étais un plouc, je n'en ai aucune idée, mais il parvient à y parvenir. Je me demande s'il a appris ça dans son université chic.

"Crois-moi, là où je vais, personne ne se soucie de ce que je porte", lui dis-je en ouvrant la porte d'entrée.

« As-tu des nouvelles de ta mère ? » Sa question me choque. Je pensais m'y être habitué maintenant, mais la mention de ma mère me fait toujours cet effet.

"Non", lui dis-je avant de fermer la porte derrière moi. «Elle ne se soucie plus de moi», je murmure en me dirigeant vers le froid.

Chapitre 2

Dodley

J'enlève mes écouteurs et les place sur le bureau à côté de moi pendant que je saisis mes notes. C'est moi qui ai le dernier mot au théâtre et je veux m'assurer que tout soit parfait. Mon entreprise est connue pour être méticuleuse, mais c'est surtout parce que je le suis.

"Bien sûr, tu as des changements", dit Simon à côté de moi. J'entends l'épuisement dans sa voix, mais je sais qu'il y a de la lumière au bout du tunnel.

"Juste quelques-uns", dis-je en continuant à taper.

Colin Le divertissement est mon bébé. En fait, c'est plutôt mon amant exigeant avec tout le temps que ça prend. La société que j'ai créée à partir de rien fait beaucoup de choses, mais elle a un objectif principal : créer les meilleurs théâtres du monde.

Nous pouvons construire un théâtre de toutes pièces qui pourra être utilisé pour des pièces de théâtre ou des concerts. Nous pouvons également restaurer des bâtiments historiques utilisés pour des spectacles et des films. J'aime ce que je fais et c'est très amusant, mais il y a toujours du travail à faire. Ce théâtre est presque terminé et j'ai hâte de voir tout cela se mettre en place.

"Vous êtes toujours en train de taper." Simon se penche par-dessus mon épaule et je bouge pour qu'il ne puisse pas voir mon écran.

"Je te l'enverrai quand j'aurai fini."

« Très bien, mais j'attends que tu apportes des beignets le matin. Je vais rester ici toute la nuit. Il soupire dramatiquement en retombant sur sa chaise.

Je ferme mon ordinateur portable et le dépose dans mon sac messager en secouant la tête. "Non, ce n'est pas le cas, et n'ose pas dire à Dean que je suis la raison pour laquelle tu travailles tard." Simon est un bourreau de travail mais essaie de me l'imputer. "Je vais lui envoyer un texto pour lui dire que je t'ai renvoyé chez toi mais que tu ne partirais pas."

"Tu n'oserais pas." Simon se redresse et pose la main sur sa poitrine. "Ça fait mal,Dodley. Comment peux-tu?"

Je souris et lève les yeux au ciel en attrapant mes affaires. «J'ai hâte de l'entendre», dis-je en regardant hors de la cabine de son et vers la scène. "Elle va être magnifique."

« Cela vous dérangerait-il de me dire pourquoi nous n'avons pas de projet prévu une fois celui-ci terminé ? » Simon plisse les yeux. Nous travaillons ensemble depuis assez longtemps pour qu'il sache que quelque chose se passe.

"Je ne sais pas de quoi tu parles." J'évite son regard et cherche mes clés.

"Menteur." Il me tend mes clés, mais quand je vais les récupérer, il les reprend. "Dites-moi que ce n'est pas à cause de Dean."

Je veux faire l'idiot, mais Simon est mon bras droit et il est impossible qu'il ne voie pas clair. "Il a peut-être mentionné que tu avais besoin de prendre un congé."

"Je le savais."

« Tu lui manques à la maison, et nous y allons sans arrêt depuis aussi longtemps que je me souvienne. Je pense que ce serait bien pour nous deux de faire une petite pause. Je ne mentionne pas que le mari de Simon a prévu des vacances en Europe pour eux deux et qu'il a essentiellement menacé de me suicider si je réservais un autre projet.

"J'aime ce que je fais. Je lui ai expliqué cela.

Je tapote l'épaule de Simon et il me tend mes clés. « Il n'est pas nécessaire de choisir. Il faut juste trouver un équilibre. Il hoche la tête alors que je me dirige vers la porte. « Faites les changements et nous sommes tous prêts. Je serai là demain pour faire les tests.

«Je te verrai alors», dit-il, et je lui fais signe en sortant.

Le théâtre que nous rénovons est l'un des plus anciens de la ville. Il a été utilisé pour beaucoup de choses, mais à l'origine, il était destiné à être un music-hall. La société de préservation du patrimoine historique de la ville est intervenue et nous a chargé de lui redonner vie. Le quartier n'est pas le meilleur en ce moment, mais ils espèrent que cet endroit pourra changer cela. Une partie de la zone est en train de se transformer et cela constituera un ajout important à la communauté. C'est l'un de mes projets préférés et je suis un peu triste de le voir se terminer.

Ce n'est certainement pas parce que je n'ai rien qui m'attend à la maison. Je fais un calcul rapide de ce que j'ai dans mon réfrigérateur pour le dîner et je sais que je dois m'arrêter à l'épicerie sur le chemin du retour. Normalement, je ne garde rien là-bas, mais avec nos vacances qui approchent, je vais passer beaucoup de temps dans mon penthouse.

Lorsque j'arrive au trottoir, j'ouvre l'application sur mon téléphone pour demander un service de voiture. Il y a quelques années, j'ai essayé d'avoir un chauffeur, mais je passais tellement d'heures au travail que c'était du gaspillage. En général, je passe simplement de l'endroit sur lequel je travaille à mon penthouse et c'est tout, donc le chauffeur n'a rien à faire. Je pourrais prendre un taxi, mais je dois faire au moins un arrêt et je préfère avoir quelqu'un qui m'attend plutôt que de devoir signaler quelqu'un à chaque endroit. La plupart du temps, je peux leur glisser un peu d'argent supplémentaire et ils resteront sur place pendant que j'obtiens ce dont j'ai besoin.

L'application sonne et me dit que mon chauffeur sera là dans trois minutes. Je regarde la photo et la voiture, mais la photo est si sombre qu'il est difficile de distinguer à quoi elles ressemblent. Je range mon téléphone dans ma poche et cherche une Mercedes argentée. Je suppose que conduire et aller chercher des gens rapporte bien.

Je m'impatiente lorsque cinq minutes s'écoulent et qu'ils ne sont toujours pas en vue. Je n'ai pas vu passer un seul taxi et, même si je n'ai pas envie d'en prendre, je déteste encore plus attendre. Je sors mon téléphone et regarde la carte. C'est alors que je vois que le conducteur a pris un mauvais virage. Je suis irrité lorsque je les regarde descendre dans une rue secondaire qui n'est même pas près de chez moi, puis mon téléphone se met à sonner.

"Super", je marmonne en répondant. «Ouais, j'attends devant le Village Theatre. Envisagez-vous d'arriver ici bientôt ? J'aboie avant que le conducteur puisse parler.

Il y a un silence au téléphone avant qu'il ne sonne et annonce que mon chauffeur est là. Je ne sais pas comment ils ont pu arriver si vite après avoir pris un mauvais virage, mais peu importe. Je raccroche sans prendre la peine de dire autre chose et fais un pas vers le trottoir. La Mercedes s'arrête en douceur, j'ouvre la porte arrière et je monte.

« Désolé, il est vraiment tard et j'ai juste faim. Peux-tu m'emmener chez Midtown Grocer et attendre ? Je vous en donnerai vingt si vous restez assis pendant que je fais mes courses. J'ai déjà ma première destination sur la carte et lorsque le conducteur s'éloigne du trottoir, c'est dans cette direction qu'il se dirige.

Comme ils ne disent rien, je lève finalement les yeux de mon téléphone et vois un jeune assis sur le siège du conducteur, le chapeau baissé. Je ne peux pas dire si c'est un garçon ou une fille, mais ils n'ont pas l'air assez vieux pour conduire. Un enfant ne devrait pas être dans cette partie de la ville à cette heure de la nuit.

« Ouais », j'entends une voix sourde venant de l'avant, mais ils ne se retournent pas.

Maintenant, je suis convaincu que c'est un enfant qui a probablement volé la voiture de ses parents. Que diable se passe-t-il?

"Hé, gamin, es-tu assez vieux pour conduire ?" Je me penche en avant et ils s'affaissent un peu sur leur siège. "Hé, je te parle", dis-je plus fort, mais encore une fois ils s'éloignent et se heurtent à la porte. La voiture fait un petit écart et je commence à paniquer. "C'est quoi ce bordel..."

Je tends la main et attrape l'enfant par l'épaule, et soudain, la voiture est remplie d'un cri si fort que j'en ai mal aux oreilles.

"Merde", je jure alors que la voiture fait à nouveau un écart et que je suis projetée contre la portière.

Le chapeau s'est détaché et de longs cheveux blond sable tombent. La jeune femme regarde par-dessus son épaule avec de grands yeux paniqués alors que la voiture s'arrête. "J'ai du gaz poivré, ne bouge pas."

Je baisse les yeux et vois le spray dans sa main et son doigt sur le bouton. Je tends les mains avec les paumes vers le haut et j'essaie d'être aussi calme que possible. « Wow, facile. Je ne vais pas te faire de mal.

«Je n'ai pas d'argent», dit-elle en jetant un coup d'œil vers la console à côté d'elle.

Je ne suis pas un détective, mais je dirais qu'elle a simplement abandonné où elle gardait son argent. «Je ne veux pas de votre argent. Je suis désolé, je pensais que tu étais un enfant.

Ses sourcils se froncent de confusion et je ne pense pas qu'elle me croit. "Quel est ton nom?" Je demande et j'attends un moment avant qu'elle ne me réponde enfin.

«Martine», dit-elle, mais elle a toujours l'air effrayée.

« D'accord, Martine. Je suisDodley. Je vous jure que les Eagles remportent un autre Super Bowl que je ne vais pas vous faire de mal. Mais si vous appuyez sur le bouton du spray au poivre dans cette voiture, non seulement cela m'aveuglera, mais vous l'aurez aussi.

Elle me regarde avec scepticisme et je n'ose pas bouger un muscle. Même s'ils me crient de l'atteindre.

« Ne vous ont-ils pas appris la sécurité avec cette chose ? Vous ne pouvez pas le vaporiser dans un espace confiné. Tu finiras par l'avoir dans les yeux et ensuite nous serons tous les deux baisés.

«Je viens de le recevoir en ligne», dit-elle, regardant maintenant sa main et devenant de plus en plus effrayée.

« Peut-être que je feuilleterai simplement les instructions plus tard. Je ne suis pas une menace, Martine. Honnêtement, je pensais juste qu'un enfant avait volé la voiture de ses parents et la conduisait.

"Et il se trouve qu'ils viennent chercher des gens pour de l'argent ?" Elle est de nouveau énervée, mais elle baisse un peu le spray au poivre.

«Je vois à quel point dire cela à voix haute semble ridicule, mais je veux vraiment juste aller à l'épicerie pour acheter de la nourriture et ensuite m'effondrer dans mon lit. Il est tard et il n'y aura pas de taxis pendant un moment. Vous étiez le seul conducteur dans la région, donc mon choix est de marcher et cela fait un peu plus de dix miles. Lentement, je mets la main dans ma veste et sors ma pince à billets. Je sors un billet de cent dollars et le lui tends. "S'il vous plaît, je suis désespéré."

Elle plisse les yeux mais me l'arrache des mains avant que je puisse cligner des yeux. "Tant que tu gardes tes mains pour toi."

Je pousse un soupir de soulagement alors que je me détends contre le siège en cuir et qu'elle recommence à conduire. Mes yeux ne la quittent pas alors qu'elle me regarde depuis le rétroviseur avec méfiance.

chapitre 3

Bon sang, j'aurais dû lire ces instructions plus attentivement. Et s'il a tort et que c'est sa façon de me tromper ? Je regarde ses yeux bleu vif et même dans le noir, ils brillent. Il est si grand qu'il occupe la majeure partie de la banquette arrière et je n'aurais eu aucun moyen de le combattre.

Le GPS me bipe et je l'ignore. Je fais cela depuis assez longtemps pour connaître les meilleures routes à emprunter et où aller le plus rapidement. Je suis toujours très nerveux à l'idée de récupérer des gars à cette heure de la nuit et je ne sais jamais si un tueur en série va entrer.

Dodley ça n'a pas l'air du genre, cependant, mais comment le saurais-je vraiment ? Je me souviens juste que Ted Bundy était un renard à l'époque et personne ne le soupçonnait.Dodley a les cheveux foncés ondulés et une ombre à cinq heures, mais c'est logique car c'est le milieu de la nuit. Il porte un pull épais et un manteau, mais je peux toujours dire que son corps est musclé en dessous, et même s'il m'a fait peur, il est magnifique de la tête aux pieds. Sans compter qu'il a un sourire qui me fait oublier où nous allons.

"Vous avez dit Midtown Grocery, n'est-ce pas ?" Je demande, et il acquiesce.

"Ouais, j'ai juste besoin de courir et de récupérer quelques trucs. Je meurs de faim et je mange du fast-food depuis un mois. Je ne peux pas recommencer. Êtes-vous sûr que vous pouvez attendre ? »

J'acquiesce et réalise qu'il fait peut-être trop sombre pour qu'il puisse le voir. "Ouais, ça va." Le quartier de la ville n'est pas mauvais, mais c'est quand même un parking en pleine nuit. Mon Dieu, j'espère que ce type est un acheteur rapide. Je pourrais partir dès qu'il sortira et prendre son argent. Même s'il pourrait me dénoncer à l'entreprise, je courrais alors le risque de perdre mon emploi.

« Ce n'est pas vraiment prudent pour une femme comme toi de draguer des inconnus la nuit », dit-il, et je sens mes poils se soulever.

"Une femme comme moi ?" Je le regarde depuis le rétroviseur, mais il n'a pas l'air déconcerté.

"Je voulais juste dire à quel point tu es petit."

Je regarde ses yeux baisser et je me tortille un peu sur mon siège. Je me rends compte que je ne ressens pas la même répulsion que plus tôt dans la journée lorsque Lance me l'a fait et je me demande pourquoi c'est différent maintenant. C'est peut-être parce que je ne connais pas ce type et que Lance est un connard.

« En plus, ce quartier n'est pas génial. Ce sera le cas, mais ce n'est pas un endroit pour une femme seule la nuit.

« Comment savez-vous que ce sera le cas ? » Il est tellement sûr de lui et je ne sais pas pourquoi je ressens le besoin de le défier.

"Parce que j'aide à le faire." Il hausse les épaules comme si ce n'était pas grave alors que j'arrivais sur le parking.

L'endroit est vide, à l'exception d'une ou deux autres voitures et il n'y a pas beaucoup de lumière ici. Je me gare le plus près possible, mais c'est quand même assez loin de l'entrée et je vais regarder autour de moi paranoïaque tout le temps.

«Viens à l'intérieur et fais du shopping avec moi», dit-il en s'apprêtant à ouvrir la porte.

"Tu veux que je fasse les courses avec toi ?" Je demande en me retournant pour lui faire face.

«Ouais, tu ne devrais pas être seul ici. Viens me tenir compagnie pendant que j'achète des pizzas surgelées. Il descend sans attendre ma réponse et se place du côté conducteur. Il ouvre la porte et lui tend la main. "En plus, ils ont du chocolat chaud à l'intérieur."

"Je suis plutôt une fille de café", dis-je en sortant sans lui prendre la main ni le toucher. Pourquoi ce mec est-il si charmant ?

"C'est pour ça que tu es si petit."

Quand je regarde, son sourire mégawatt suffit pour que ce parking n'ait besoin de rien d'autre pour l'éclairer.

"Je suppose que tu as été nourri au maïs." Je fais semblant de le regarder de haut en bas et je jure que je peux presque voir un rougissement sur ses joues. Cet homme est non seulement épais, mais il ne sait pas à quel point il est mignon.

"Je viens du Midwest et j'aime le maïs." Lorsque nous franchissons les portes automatiques, il attrape un chariot et le pousse jusqu'au café situé à l'intérieur. Il est tard, mais il y a encore quelqu'un derrière le comptoir. "Je vais prendre un chocolat chaud et tout ce que la dame voudra."

"Pareil", je marmonne.

"Avec des guimauves supplémentaires", dit-il au gars en sortant de l'argent.

Il est si poli avec le barista et je les regarde échanger quelques mots. Il laisse aussi un bon pourboire dans le pot que je ne manque pas alors que je me promène jusqu'au bout pour attendre nos boissons. Pour la première fois, je regarde ses mains et je suis soulagé de ne pas voir de bague. Je ne sais même pas pourquoi je prends la peine de regarder parce que ça n'a pas d'importance.

Dodley se dirige vers l'endroit où je me tiens pendant qu'on nous passe nos boissons, puis nous prenons le chariot avec nous pendant que nous marchons dans les allées de nourriture.

«Je me sens déjà mieux», dit-il en me regardant et en prenant un verre. "Alors, quel est ton plaisir coupable de fin de soirée ?"

Je le regarde prendre une boîte d'Oreos doublement farcis sur l'étagère et les mettre dans son chariot. Ce sont mes préférés absolus, mais je ne suis pas sur le point de l'admettre.

"Je ne sais pas. Cela dépend de mon humeur, dis-je en faisant semblant d'être cool. Qu'est-ce qui ne va pas avec moi ? Pourquoi est-ce que je me soucie de ce que pense ce type ?

«Eh bien, je pensais que c'était une question facile. Je suppose que nous allons y aller directement alors. Immédiatement, je m'inquiète de ce qu'il pourrait me demander. « Blanc ou blé ? » demande-t-il en brandissant deux miches de pain.

Je me mords la lèvre pour ne pas rire tandis que je secoue la tête et montre le blanc. Je suis comme un enfant de maternelle quand il s'agit de nourriture. Je n'aime que les choses qui sont terribles pour moi.

"Ah, je vois. Vous en faites partie. Il fait un clin d'œil en plaçant le pain dans le chariot.

"Un de quoi?" Je fais semblant d'être offensé alors qu'il attrape ensuite des jetons.

«Je n'en ai aucune idée, j'aime juste t'entendre parler. Tu sembles répondre quand je te mets en colère.

Je dois rentrer mon menton pour qu'il ne voie pas le rougissement sur mes joues. Qui diable est ce type?

« Alors, depuis combien de temps draguez-vous des inconnus et les menacez-vous ensuite avec du gaz poivré ? » Mon Dieu, pourrait-il être plus beau ? Il a une putain de fossette sur un côté quand il sourit.

«Je le fais depuis quelques mois maintenant, mais tu as de la chance. Tu as été la première personne que j'ai dû menacer.

"J'aime être ton premier." Sa voix grave n'est que trop complice et je dois me retourner et faire semblant de lire les étiquettes sur les boîtes de thon pour qu'il ne puisse pas voir mon visage.

Il ne peut pas savoir que je suis vierge. Droite? Oh mon Dieu, je veux qu'un trou dans le sol s'ouvre et m'engloutisse. Est-ce trop demander ?

"Aimez-vous?" » demande-t-il alors que nous nous dirigeons vers l'allée suivante.

"Honnêtement?" Je dis, et il s'arrête.

"Ouais, j'aimerais que tu sois honnête avec moi."

« Cela représente beaucoup d'heures et juste de l'argent. Mais j'essaie de savoir quoi faire ensuite. C'est la première fois que je dis ça à voix haute et c'est aussi effrayant que dans ma tête. Je n'ai aucune idée de ce que je fais ni de ce que l'avenir me réserve, mais je dois bientôt faire quelque chose.

"On dirait que tu as la tête sur les épaules." Il sourit comme s'il avait un secret. "Je veux dire, à part ne pas lire les instructions sur une arme."

"Tu ne peux tout simplement pas laisser ça passer, n'est-ce pas ?" Je dis d'un ton ludique, et il arrête de pousser le chariot pour se retourner et me faire face.

"Maintenant, pourquoi te laisserais-je partir?"

Il tend la main et pendant une seconde, je pense qu'il va m'attirer vers lui. Au lieu de cela, sa main se lève et il touche à peine ma pommette avant de la retirer.

« Faites un vœu », dit-il en tenant un cil entre ses doigts.

C'est tellement idiot, mais je faisais ça tout le temps quand j'étais petite. Je souhaiterais des choses stupides comme un poney ou une licorne. Je ne l'ai pas fait depuis si longtemps, mais quelque chose dans ce moment est vraiment agréable. Et je n'ai pas eu de plaisir depuis très longtemps.

En fermant les yeux, je pense à ce que mon cœur veut le plus au monde et je me concentre. Quand j'ai mon souhait en tête, j'acquiesce et j'ouvre les yeux.Dodley s'est rapproché et il est juste en face de moi alors qu'il tient mon souhait.

« Il faut souffler », dit-il doucement.

Je le regarde et son parfum de savon frais et d'arbres envahit mes sens. Je rapproche mes lèvres et fais ce qu'il demande et les cils s'envolent. Nous restons tous les deux là, nous rapprochant de plus en plus jusqu'à ce que soudain le haut-parleur s'allume annonçant la fermeture du magasin.

"Je suppose que tu ferais mieux de finir tes courses", dis-je en prenant du recul et en essayant de reprendre mon souffle. Qu'est-ce qui vient de se passer?

« Ouais, je suppose. Sinon, je pourrais mourir de faim.

Il regarde ma bouche quand il le dit, mais il tourne le coin et s'engage dans une autre allée. Est-ce mon imagination ou y a-t-il quelque chose de plus qui se passe ici ? Je pense que le manque de sommeil me joue des tours. Je dois me reposer ou je vais devenir fou.

Chapitre 4

Dodley

Mon Dieu, elle est belle. Je la regarde pendant qu'elle regarde le présentoir de bonbons et que la caissière scanne mes courses. Quand sa langue rose sort, je tends la main et passe volontairement mon bras contre le sien. Elle ne s'éloigne pas de moi tandis que j'attrape la barre chocolatée qu'elle regarde depuis le début.

"Pour le trajet en voiture", dis-je. Elle secoue la tête et ses cheveux blonds tombent sur une épaule.

Elle a un message, mais je ne suis pas sur le point de l'en informer. Pas quand je peux l'exploiter à mon avantage. Quand elle veut quelque chose, elle lèche le coin de ses lèvres. Je le remarquais à chaque fois qu'elle voyait quelque chose qu'elle voulait. Je l'attrapais et ensuite je la regardais combattre un sourire. Ou cacher ses rougeurs quand je m'approche trop près.

Elle est nerveuse, mais je ne suis pas du genre à reculer devant un défi. Je n'ai jamais poursuivi une fille auparavant et j'ai le sentiment que je vais devoir apprendre comment.

Comment aurais-je pu penser que c'était une enfant quand je me suis assis sur la banquette arrière ? Je me tiens ici maintenant à la regarder et elle est entièrement féminine. Je respire profondément et son odeur sucrée nourrit une nouvelle faim que je n'ai jamais ressentie auparavant.

"Voulez-vous partager?" demande-t-elle en penchant la tête en arrière pour me regarder.

Elle est trop petite pour se promener seule tard dans la nuit. Je m'en fiche si elle habite à PleasantColin, elle a la tentation écrite partout en elle et elle ne le sait même pas. Bien sûr, elle sait qu'il faut faire attention, mais je ne pense pas qu'elle comprenne comment elle fait ressortir quelque chose chez un homme qui l'amène à se demander ce qu'il ferait pour se rapprocher d'elle.

Je ne comprends pas comment elle fait son travail depuis des mois et personne n'a essayé de la revendiquer. Peut-être qu'ils ne l'ont pas bien vue comme moi, ou peut-être qu'elle n'est pas célibataire.

Quel petit-ami idiot la laisserait conduire dans les rues tard dans la nuit, laissant des hommes étranges monter dans sa voiture ? Non, tout homme qui laisserait cela arriver ne la méritait pas.

"D'accord, très bien, tu n'es pas obligé", rit-elle, et je réalise que je serre la mâchoire parce que je pense à elle avec quelqu'un d'autre que moi.

"Je vais partager." Je me penche un peu plus et elle ne s'éloigne pas. "Mais seulement avec toi", j'ajoute avant de placer la barre chocolatée sur la caisse.

Je me détends et j'essaie de ne pas me concentrer sur quelque chose qui va seulement m'énerver. Elle venait tout juste de commencer à se détendre et je ne veux pas tout gâcher. J'essaie toujours de comprendre ce qui m'arrive. Si Simon était là, il rirait aux éclats. Je n'ai aucune idée de ce que je fais, mais je m'efforce de la garder calme.

Sa langue sort et je me demande si c'est pour moi ou si elle pense encore à la barre chocolatée. Quoi qu'il en soit, je le prendrai.

« Est-ce que ce sera tout, monsieur ? demande le caissier.

"Cela devrait nous retenir pour le moment." Je sors ma carte et la glisse dans la machine. "Tu ne penses pas?" Je me tourne vers Martine, ayant besoin d'attention de sa part. Qu'est-ce qui m'arrive ?

"Ouais, je pense que tu vas bien." Elle secoue la tête comme si j'étais ridicule, ce qui est le cas.

Je mets les courses dans le chariot et je le pousse vers la voiture. Elle ouvre le coffre et je les charge avant de reprendre le chariot. Quand j'arrive à la voiture, elle est déjà à l'intérieur et elle tourne. Cette fois, je ne monte pas à l'arrière et je m'assois sur le siège passager. Elle me regarde un instant avec surprise mais ne dit rien.

"Est-ce que c'est ici que nous allons?" demande-t-elle en plaçant son téléphone portable sur un support sur le tableau de bord.

"Home sweet home", je confirme en me penchant en arrière pour pouvoir la regarder.

Je discute facilement avec elle pendant qu'elle conduit parce que je veux l'entendre parler. Mais plus nous nous rapprochons de chez moi, plus la panique commence à m'envahir. Je réalise que plus tôt j'y serai, plus vite elle partira. J'ai le sentiment qu'elle n'acceptera pas de sortir avec moi si facilement et je dois conclure l'affaire.

Je sors mon téléphone portable et fais défiler mes appels précédents. J'enregistre son numéro immédiatement pour qu'au moins je l'aie. Ce n'est pas suffisant, alors j'envoie un texto à mon portier Jim et lui demande une petite faveur. Quand il répond, je range mon téléphone et recommence à lui accorder toute mon attention.

Quand j'ouvre la barre chocolatée, je lui en casse une partie et la lui tends.

"C'est bon, tu n'es pas obligé de faire ça." Elle jette un coup d'œil au morceau de chocolat puis revient à la route.

"Tu me blesseras si tu ne le fais pas."

Elle me sourit et lève un peu les yeux au ciel mais tend la main et me le prend. Elle mange le morceau entier d'un coup et émet ensuite un petit bourdonnement. Je dois détourner le regard parce que c'est presque érotique et je dois me concentrer. Sinon, je la regarderai comme un chien pendant qu'elle conduit.

Je lui en propose un autre et cette fois elle ne me combat pas. Quand elle mâche, elle émet à nouveau le son et je lutte contre mon propre gémissement. Pourquoi a-t-on l'impression qu'elle glisse sur ma bite ?

"Tu as faim", dis-je distraitement en me raclant la gorge et en lui tendant un autre morceau.

«Je vivrai», dit-elle en mâchant, et je me demande combien de fois elle reste sans manger.

"Rentre à la maison avec moi", je laisse échapper. Elle me regarde avec scepticisme. "Laisse-moi te servir à dîner", j'ajoute rapidement.

Je me demande si je peux l'empêcher de sortir ce soir ? Il est déjà si tard et j'ai peur qu'elle vienne chercher quelqu'un d'autre.

"Je ne devrais pas." Je regarde sa langue toucher le côté de sa bouche et c'est mon signe qu'elle le veut.

"De toute façon, tu devras m'aider à transporter toutes ces choses." Je fais signe au coffre de la voiture. "Je ne manquerai pas de vous donner un pourboire pour votre aide", ajoute-je pour essayer de lui donner une raison de dire oui.

Il est évident qu'elle a besoin d'argent si elle exerce ce métier, et j'ai vu à quelle vitesse elle m'a pris l'argent des mains. Savoir qu'elle a besoin de quelque chose est une autre chose que je peux ajouter à la pile de choses qui s'en fichent. La liste s'allonge rapidement, mais c'est une bonne chose que j'ai toujours aimé les cocher. Se débarrasser d'un petit ami, vérifiez. Assurez-vous qu'elle a ce dont elle a besoin, vérifiez. Comme pour toutes choses dans la vie, mon cerveau trouve déjà des idées sur la façon de réaliser ces choses.

"J'ai partagé ma barre chocolatée avec toi." Je brandis l'emballage vide.

"Oh mon Dieu, j'ai tout mangé."

Elle réprime un rire, mais celui-ci sort d'elle et le son remplit la voiture. Quand elle renifle, elle se couvre la bouche avec sa main et rit davantage. Je dois serrer les mains pour ne pas l'atteindre et causer un désastre. Pourquoi est-elle si mignonne ?

"Je suppose que c'est le moins que je puisse faire après avoir tout mangé", dit-elle en me souriant.

Mais dès que nous arrivons devant le bâtiment, je vois son malaise revenir.

Chapitre 5

Martine

Merde. Je n'avais pas vraiment réfléchi à l'endroit où nous allions jusqu'à ce que nous arrivions àDodleyle bâtiment. C'est l'endroit le plus agréable de la partie la plus agréable de la ville. Mon rire s'éteint et je ressens une légère trace de regret en lui proposant de l'aider. Mais j'ai besoin d'argent – qu'étais-je censé faire d'autre ?

Je voulais dire oui quand il m'a demandé de me préparer à dîner. Pour la première fois depuis longtemps, je m'amusais et je m'amusais. Il n'a aucune idée de qui je suis. Pour lui, je suis juste une fille qui emmène les gens là où ils veulent aller. Avec lui, je peux vivre l'instant présent pendant un moment. Jusqu'à ce qu'on arrive chez lui et qu'il revienne. Il ne lui faudra pas longtemps pour découvrir qui je suis, qu'il le veuille ou non. Il ressort clairement de l'immeuble dans lequel il vit qu'il vient de l'argent. Le genre de gens qui connaissent des gens comme mes parents. Et si quelqu'un me reconnaît ?

"Ça va?"Dodley » demande alors que je me gare sur une place de parking vide et que je gare la voiture.

Il sait bien me lire, ce qui veut dire que je devrai faire mieux pour le garder à distance.

«Ouais, je suis juste fatigué», j'avoue, et c'est la vérité. Mais ce n'est pas seulement le manque de sommeil qui m'épuise. Je suis fatigué de beaucoup de choses, et garder les gens à distance est la principale en ce moment.

"Allez." Il sort de la voiture et avant que j'enlève ma ceinture de sécurité, il est à mes côtés et m'ouvre la portière. Cette fois, il ne me tend pas la main, mais plutôt à l'intérieur et prend ma main pour que je n'aie pas le choix de la refuser.

« Qu'est-ce que j'ai dit à propos de garder les mains pour soi ? » Je le lui rappelle, mais je ne m'éloigne pas de son contact.

"Je pensais que nous avions dépassé ça quand tu avais mangé tout mon chocolat." Son sourire évoque le mien et je suis entièrement chaud. Comment continue-t-il à faire ça ?

"Wow, tu aimes garder rancune", je le taquine alors qu'il ferme la portière de la voiture pour moi et j'ouvre le coffre.

"Comme je l'ai dit, tu parles davantage quand je t'énerve."

Il fouille dans le coffre et me tend un sac avant de prendre le reste pour lui. Je commence à lui dire qu'il pourrait tous les porter mais m'arrêter. Je me rappelle qu'il s'agit de l'argent du pourboire et non de vouloir passer plus de temps avec lui.

Je n'ai nulle part où aller à part retourner dans la voiture pour la nuit. J'avais déjà décidé que je ne rentrerais pas chez moi après avoir quitté l'appartement ce matin. Je pourrais gagner un hôtel avec la centaine que j'avais arrachée sans vergogneDodleyla main, mais je ne me laisse pas faire. Ce serait comme jeter de l'argent et je suis plus intelligent que ça.

je suisDodley vers son immeuble, et plus nous nous rapprochons, plus je pense que c'est une mauvaise idée. Quelqu'un pourrait me reconnaître. Mon ventre commence à se serrer. Je me demande si je pourrais peut-être donner le sac à son portier et qu'il pourrait l'aider à le monter, mais quand nous entrons dans le bâtiment, je n'en vois pas. Le hall est désert et je suis soulagé qu'il n'y ait personne d'autre aux alentours, mais je me souviens ensuite que nous sommes au milieu de la nuit.

Il m'est arrivé à plusieurs reprises de rencontrer quelqu'un qui était énervé de perdre son argent et qui s'en est pris à moi. C'est toujours très embarrassant, même si je sais que ce n'est pas de ma faute. Se faire crier dessus en public parce qu'il est un voleur, c'est nul. Je n'essaie plus d'argumenter et de me défendre. Au lieu de cela, j'essaie juste de m'en éloigner. Ce serait pire si cela se passait devantDodley parce qu'il a été si gentil avec moi. C'est probablement la raison pour laquelle je suis attiré par lui.

Je le suis devant la rangée principale d'ascenseurs et dois étouffer un gémissement lorsqu'il glisse sa clé dans une clé privée au bout du couloir.

"Quel est votre nom de famille?" Je demande en montant dans l'ascenseur et il me suit.

"Colin.» Il appuie sur le bouton du dernier étage tandis que j'essaie de parcourir les noms des personnes que mes parents ont trompées. Rien ne me vient à l'esprit, mais je n'y ai jamais prêté attention.

"Le vôtre?" demande-t-il au moment où les portes s'ouvrent et je n'ai plus besoin de répondre.

Sa maison est complètement nue et j'entre et fais semblant de regarder autour de moi.

"Je ne savais pas trop à quoi m'attendre, mais ce n'était pas ça." Il ne porte pas de bague, donc je suppose que c'est une garçonnière, mais il n'y a rien ici. Je réalise qu'il est peut-être nouveau en ville et c'est pourquoi je ne connais pas son nom. « Vous venez d'emménager ?

"Malheureusement, je suis ici depuis un moment." Il sourit alors que je regarde à nouveau autour de moi et que j'observe le simple canapé et le fauteuil avec une table basse. "On m'a dit que l'endroit était une bonne affaire et que je devrais l'acheter comme immeuble de placement." Je le suis dans la cuisine d'un blanc éclatant qui a l'air high-tech. «Je m'en fiche vraiment de l'endroit où je dors. Tant que je peux prendre quelques heures ici et là, tout va bien.

"Ça doit être sympa", je marmonne sans penser à ce que je dis.

Il s'immobilise face à ma erreur et ses yeux se posent sur les miens. Je vois l'inquiétude traverser son visage et puis je me sens comme un imbécile pour l'avoir dit. Ce n'est pas sa faute s'il est riche et je suis dans ma situation.

"Laisse-moi te préparer à dîner." Sa voix est plus douce maintenant, mais il y a de la pitié.

"Je n'ai pas besoin de votre charité." Je pose le sac qu'il m'a donné sur le comptoir et croise les bras.

"Ce n'est pas pour ça que je te le demande." Il appuie ses mains sur le comptoir et a l'air de se préparer au combat, mais je ne veux pas de ça avec lui. «Je veux que tu restes parce que je te l'ai demandé et que tu veux être ici. Je m'amuse en dehors du bureau, ce qui n'arrive jamais. Il sourit et je vois sa fossette. Je pense à ce que ce serait de me pencher contre son grand corps et de l'embrasser là. Il faudrait qu'il se penche un peu pour que je puisse l'atteindre, ou peut-être que je pourrais le faire si je me tenais sur la pointe des pieds. « Reste », dit-il doucement, et je ne peux pas dire non.

"D'accord", je suis d'accord, et ça fait du bien d'avoir quelqu'un qui veut de moi. "Mais je ne sais pas cuisiner pour de la merde", j'admets en m'asseyant sur l'une des chaises hautes sous le comptoir.

"Tu es chanceux. Je passais mes dimanches dans la cuisine avec ma mère et je m'y connais. Il sourit alors qu'il commence à déballer les courses et me passe les Oreos. Je ne peux pas m'empêcher d'en prendre un.

« Est-ce que c'est ce que font les bons vieux garçons du Midwest le dimanche ? »

«Non, je les passe au travail ou à crier après les Eagles quand ils jouent. J'ai grandi ici, chérie.

Son terme affectueux me prend au dépourvu alors qu'il pose un verre de lait devant moi.

« Ne faites pas le plein de cookies. Je vais te nourrir. J'acquiesce en le regardant se déplacer dans la cuisine. L'endroit semble inhabité, mais il connaît son chemin.

"Vous avez dit le Midwest plus tôt."

"Je suis né là-bas. Ma mère est originaire du Midwest et j'y passais mes étés avec mes grands-parents. Mes parents sont revenus là-bas lorsque mon père a pris sa retraite. J'ai toujours la ville dans mon sang. J'ai été ici presque toute ma vie.

Quand il dit que je sais que tout ce que j'aurai avec lui, c'est ce soir. Il est impossible qu'il ne découvre pas qui je suis et ce que ma famille a fait. Nos cercles sont trop petits. Je suis surpris de ne pas le connaître déjà, mais je parie que Cara le sait.

Je lui souris et je sais que je vais prendre ce que je peux. Même si ce n'est que pour ce soir, je vais faire comme si je n'étais pas moi. Je ne suis qu'une fille qui dîne avec un homme gentil, parce que c'est tout ce que ça peut être.

Chapitre 6

Dodley

Nous avons parlé pendant des heures jusqu'à ce qu'elle s'endorme sur le canapé. Je ne voulais pas la réveiller, alors je l'ai recouverte d'une couverture et je l'ai observée. J'ai dû m'endormir avec elle parce que la prochaine chose que j'ai su, c'était de me réveiller seul dans l'appartement.

J'ai regardé autour de moi en pensant qu'elle utilisait peut-être les toilettes, mais quand j'ai appelé la sécurité, ils m'ont dit que je l'avais manquée de quelques minutes. J'avais pensé lui courir après, mais je ne voulais pas passer pour complètement fou. Au lieu de cela, je prends mon téléphone et envoie un SMS rapide.

Moi : Tu attendais que je m'endorme pour pouvoir sortir en douce ? Je ne pensais pas que j'étais si ennuyeux.

J'attends une seconde puis je lui en envoie une autre.

Moi : Sérieusement, j'ai passé un bon moment hier soir. Tu veux revenir dans mon endroit stérile et dîner à nouveau ce soir ?

Je sais qu'elle est distante, mais je dois au moins essayer. Je ne peux pas la laisser partir, et je ne vais pas la laisser partir si facilement. Je regarde mon téléphone, lui demandant de me répondre quand il sonnera enfin.

Martine : Peut-être que si tu n'avais pas ronflé si fort j'aurais continué à dormir ;)

Elle ne refuse pas tout de suite, ce qui est bon signe, mais j'ai besoin d'une confirmation.

Moi : je ne te crois pas. Prenez le petit-déjeuner avec moi et laissez-moi me rattraper.

Il me reste un long moment avant de voir qu'elle est en train de taper et que son message revienne enfin.

Martine : Je vais travailler toute la journée. Je pourrai peut-être faire quelque chose plus tard, en fonction de la façon dont ça se passe. Puis-je vous envoyer un message plus tard ?

Ce n'est pas un non catégorique, ce qui, à mon avis, pourrait être un progrès. Mais il est sept heures du matin et je sais qu'elle n'a dormi que deux ou trois heures au maximum. Elle ne devrait pas conduire si elle est fatiguée. Je réfléchis une seconde avant de répondre, et pendant ce temps, elle m'envoie à nouveau un texto.

Martine : N'aie pas l'impression que tu me dois quoi que ce soit. Je me suis bien amusé hier soir, mais nous pouvons en rester là.

Je secoue la tête parce que c'est comme si elle essayait de me donner une issue.

Moi : Pompe tes freins, chérie. J'ai une tonne de choses pour lesquelles j'ai besoin d'aide aujourd'hui et si vous travaillez, peut-être pouvons-nous trouver une solution ?

Martine : Comme quoi...

Moi : Retrouvez-moi au café du 11 et au Garden dans quinze minutes. Je vais te chercher un café aussi noir que ton âme et te dire ce dont j'ai besoin.

Martine : On se voit là-bas.

Je prends une douche rapide et change de vêtements, puis je prends mon sac messager. Je cours jusqu'au café et quand j'y arrive, je vois Martine assise près de la fenêtre. Elle porte un autre sweat-shirt et ses cheveux sont relevés dans la casquette d'hier. Elle me sourit et j'ai l'impression qu'elle vient de gâcher ma journée entière avant même qu'elle ne commence.

Quand je m'assois, une serveuse arrive et prend notre commande. J'ajoute de la nourriture avec le café car je sais que Martine n'a pas mangé depuis son départ et je ne pense pas qu'elle commandera si je lui dis que je paie. Lorsqu'elle prend notre commande et s'éloigne, je lance un regard sévère à Martine.

"Numéro un, je ne ronfle pas."

Elle est suffisante en sirotant son café et j'aimerais pouvoir me pencher en avant et l'embrasser.

« Acceptez de ne pas être d'accord », dit-elle en enroulant ses mains autour de la tasse chaude.

"Numéro deux, ne recommence plus."

"Faire quoi ?" Ses sourcils se froncent de confusion.

«Fonce sur moi comme ça. Tu m'as fait peur." Je vois un peu de couleur venir à ses joues et elle hoche légèrement la tête.

"Désolé, je ne voulais juste pas que ce soit gênant." Elle hausse les épaules et, pour la première fois, je vois de la vulnérabilité dans ses yeux. "Quoi qu'il en soit, en quoi as-tu besoin que je t'aide ?"

« J'arrive à la fin d'un très gros projet et il y a une très grande fête demain soir. J'aimerais avoir de l'aide pour me préparer, et je ne peux pas être à deux endroits à la fois.

"D'accord." Elle semble hésiter à accepter alors je continue de parler.

« Tu serais parfait pour le poste. J'ai besoin de quelqu'un qui puisse se rendre sur place pour moi, récupérer des choses et les livrer. Je suis sûr qu'il existe une entreprise qui peut le faire, mais j'ai besoin de quelqu'un en qui je peux avoir confiance.

Elle a l'air surprise en me regardant. "Tu me fais confiance ?"

"Je veux dire, pas avec une bouteille de gaz poivré, mais avec tout le reste, ouais." Elle lève les yeux au ciel et je suis heureuse de la voir sourire narquois. « Sérieusement, laisse-moi t'embaucher pour la journée. Je vous paierai ce que vous demanderez si vous laissez le compteur fonctionner et si vous conservez les pourboires que quiconque vous donne pour les livraisons.

Je la vois faire les calculs mentaux puis elle hoche légèrement la tête. « Est-ce qu'on peut faire du cash pour que je n'aie pas à passer par l'entreprise ? Ils en prennent une assez bonne part lorsque j'utilise leur programme.

"Absolument." Je déteste qu'elle doive conduire la voiture, mais c'est au moins un travail honnête. Et c'est aussi une très belle voiture. J'ai oublié de lui poser la question, mais cela ne semble pas être le bon moment.

La serveuse nous apporte notre nourriture et la dépose devant nous. Je pousse une assiette vers elle et elle essaie de refuser avant de pousser l'assiette plus près. Finalement, elle attrape une fourchette et nous creusons.

Je lui dis les endroits où j'ai besoin qu'elle aille et ce qu'elle doit ramasser. Elle prend des notes et note les noms des rues au fur et à mesure. Je peux dire qu'elle est vraiment intelligente, compétente, organisée et qu'elle connaît également la ville.

"Vous connaissez cet endroit comme votre poche", dis-je alors qu'elle change l'ordre des lieux que je lui ai donnés en fonction de l'itinéraire qu'elle va emprunter.

Elle me sourit et il y a quelque chose qui ressemble presque à de la fierté dans ses yeux. "J'ai quelques talents."

"Je sais", dis-je en tendant la main et en la plaçant à côté de la sienne sur la table.

Mes doigts effleurent les siens et elle ne s'éloigne pas. Je suis privé de sommeil et surmené, mais en ce moment, j'ai l'impression que je pourrais courir le marathon de Boston si elle me le demandait. Je ne me suis jamais senti plus vivant avec quelqu'un ni plus en paix. Ses doux yeux marrons me regardent et il y a là une question. Je ne sais pas ce que c'est, mais j'ai l'impression qu'elle veut que je lui fasse une promesse.

Nous restons ainsi pendant un long moment, chacun de nous essayant de dire ce dont il a peur et tous deux ne voulant pas briser ce moment.

Malheureusement, mon téléphone portable le fait à notre place lorsqu'il commence à sonner. La chanson « Eye of the Tiger » commence à hurler et j'ai envie d'étouffer Simon. Je fouille dans ma poche, la sors et clique sur Ignorer.

"C'est bon, tu peux le prendre", dit-elle.

Alors que j'ignore l'appel et lui dis que tout va bien, la chanson reprend vie. Je soupire en m'excusant et en répondant.

« Ça a intérêt à ce que ce soit bien », dis-je avant que Simon ne puisse parler.

« L'inspecteur de la ville est là, où es-tu ?

"Merde." J'ai complètement oublié.

«Ouais, c'est vrai. Et où sont mes beignets ? Ne me dis pas que tu as réellement dormi. Je peux entendre l'incrédulité dans sa voix.

"Bien sûr que non", dis-je en regardant Martine dans les yeux. "Je suis en route."

Je raccroche et elle me sourit. "Je suppose que nous devons tous les deux commencer notre journée", dit-elle en montrant sa liste de courses.

Je fouille dans mon portefeuille et mets de l'argent sur la table. Ensuite, je lui remets ma carte de crédit, ainsi qu'une carte de visite et tout l'argent liquide que j'ai sur moi.

« Waouh, Dodley, je ne veux pas de tout ça. Elle regarde autour d'elle comme si quelqu'un voyait l'argent qu'elle détient.

« C'est juste au cas où. Vous aurez besoin d'argent pour certaines livraisons et certaines n'acceptent pas les cartes. Si vous avez des problèmes, mon portable est là et Simon de mon assistant aussi. Je dois courir, mais je t'enverrai un message.

Nous nous levons tous les deux et je l'accompagne jusqu'à sa voiture. Je lui ouvre la porte, mais avant qu'elle puisse entrer, je tente ma chance et me penche plus près. Je passe légèrement mes lèvres sur sa joue et lui murmure à l'oreille.

"Je penserai à toi", dis-je avant de prendre du recul et de m'éloigner.

Tout en moi veut revenir vers elle et l'envelopper dans mes bras. J'ai envie de me retourner et de la regarder, mais que se passe-t-il si elle ne regarde pas ? Et si elle est déjà montée dans sa voiture et qu'elle ne ressent pas cette chose entre nous ? Le doute s'installe et ça m'énerve. Je n'ai jamais été du genre à laisser quoi que ce soit m'arrêter, et je ne vais pas commencer maintenant.

Je m'arrête et me retourne pour regarder par-dessus mon épaule parce que je dois savoir. Quand je la vois debout, ses doigts touchant le même endroit où j'ai placé mes lèvres, je ne peux pas arrêter mon sourire. Je lui fais un clin d'œil en me retournant et en continuant à marcher.

La neige molle commence à tomber et je peux sentir le changement dans l'air.

Chapitre 7

Martine

Je le regarde partir, la main posée sur ma joue. L'endroit où il m'a embrassé picote et je sens tout mon corps se réchauffer. Quand il s'en va, il emporte quelque chose de moi avec lui. J'avais tellement envie de tourner la tête et de presser mes lèvres contre les siennes, mais je me suis dégonflé. Son grand corps s'éloigne de moi et la neige commence à tomber. Juste au moment où je suis sur le point de m'éloigner, il se tourne pour me lancer un dernier regard. Mon souffle se coupe alors qu'il me sourit, et d'une manière ou d'une autre, je sais qu'il espérait que je serais toujours là à le regarder.

Il m'a fallu tout ce qui était en moi ce matin pour me forcer à me lever de son canapé et à quitter le confort de sa maison. Je savais que je devais sortir de là avant qu'il ne se réveille, ainsi que quiconque dans le bâtiment d'ailleurs.

Dodley est le genre d'homme qui voudrait m'accompagner jusqu'à ma voiture s'il était réveillé ; c'était clair par la façon dont il m'a traité la nuit dernière. Je n'étais pas une conquête qu'il avait ramassée et essayé de se coucher. Il s'accrochait à chacun de mes mots lorsque je parlais, et je pouvais dire qu'il était fatigué mais il refusait d'arrêter la nuit. Je ne voulais pas partir et je sais qu'il ne voulait pas que je le fasse non plus. Je n'étais pas non plus prêt à lui dire non. Il était trop charmant et gentil quand il me donnait tout ce qu'il pensait que je pourrais vouloir. Et tout ce qu'il semblait vouloir en retour, c'était mon attention. Comment étais-je censé refuser ça ?

Il n'a pas bougé vers moi de la nuit et m'a à peine touché. Je ne sais pas s'il le faisait exprès, car lorsque j'essayais de me rapprocher, il ne répondait pas. Je suppose que ce n'était pas à ce sujet pour lui la nuit dernière, mais après la façon dont il a posé ses lèvres sur ma joue, il y a tellement plus de choses qui mijotent sous la surface.

Quand j'ai fermé les yeux hier soir, j'allais seulement faire semblant de dormir jusqu'à ce qu'il se couche enfin, mais le confort de sa maison était trop difficile et j'ai eu le meilleur sommeil que j'ai eu depuis des mois. Je me suis réveillé brusquement lorsque le soleil s'est levé et j'ai su que je devais sortir de là. J'ai tenté le destin en l'embrassant sur la joue avant de partir parce que je pensais que ce serait la dernière fois que je le reverrais. C'était le même endroit où il m'avait embrassé quelques instants plus tôt.

Quand il tourne le coin hors de ma vue, je monte dans ma voiture.

Je me suis dit que ce matin serait la dernière fois que je le verrais, mais maintenant regarde ce qui s'est passé. Je suis complètement plein de merde parce qu'à la seconde où j'ai quitté sa place, j'avais mon téléphone verrouillé dans ma main en espérant qu'à tout moment il m'enverrait un message. Cela ne lui a pas pris longtemps. J'avais prévu d'ignorer son appel, mais je me mentais, non seulement en lui répondant, mais en acceptant tout ce que l'homme disait.

Je démarre la voiture parce que je dois y aller. Je dois rentrer chez moi à un moment donné ou Cara va faire exploser mon téléphone en me demandant l'argent que j'ai gagné hier soir. Mon téléphone sonne et quand je regarde l'écran, des papillons battent des ailes dans mon ventre. Je souris avant de lire le texte, appréciant simplement le sentiment d'avoir quelque chose d'excitant dans ma vie. J'étais tellement absorbé par d'autres choses que je n'avais pas réalisé qu'il manquait jusqu'à maintenant.

Dodley: Il commence à neiger. Conduire prudemment.

Son inquiétude est autre chose à laquelle je ne suis pas habitué. Que quelqu'un s'inquiète pour moi n'a jamais été une chose. Mes parents ne s'inquiétaient même pas pour moi quand ils étaient là. J'étais toujours une pensée après coup et je ne savais pas à quel point cela pouvait être bon de l'avoir jusqu'à ce moment. Est-ce que je me prends la tête ?

«Ne pose pas de questions stupides», je marmonne dans le rétroviseur.

Je suis bien conscient que la vie peut changer en un instant, mais je ne peux pas laisser mon esprit aller là-bas. Je dois juste me concentrer sur l'argent et m'en sortir. Ce n'est pas comme si je pouvais lui envoyer un SMS ou l'appeler et lui dire que je ne peux pas faire ça parce que je connais déjà le résultat. Je céderai dès qu'il ouvrira la bouche parce qu'il a ce pouvoir sur moi que je ne peux pas contrôler. Je dois d'abord me remettre sur pied et ensuite je peux penser à l'avenir.Dodley m'aide en me donnant ce travail aujourd'hui. Peut-être qu'il aura plus de travail pour moi à l'avenir et je trouve déjà des moyens d'être davantage près de lui.

Je mets la voiture en marche et sors dans la rue alors que la neige tombe tout autour. L'hiver a toujours été ma période préférée de l'année, mais je ne suis pas sûr de ressentir la même chose à l'avenir, surtout si je passe les prochains jours à dormir dans la voiture. J'espère que le frère de Cara partira bientôt, mais je suppose que pas avec le gros sac qu'il a apporté.

Mon téléphone sonne et je le vérifie lorsque je m'arrête à un feu rouge.

Dodley: Dis-moi que tu feras attention ou je ne ferai rien aujourd'hui.

Je me demande ce que ça ferait de le voir faire les cent pas dans son bureau pendant qu'il pense à ma sécurité ? Aussi enivrante que puisse être cette pensée, je ne pouvais pas lui faire ça. Je lui envoie un texto et je souris tout le temps.

Moi : je serai en sécurité. Maintenant, mettez-vous au travail.

Je regarde le feu rouge alors qu'un autre texte arrive.

Dodley: Vous devriez activer votre position et la partager avec moi. Cela me fera me sentir mieux.

Je clique hors du message pour l'allumer, mais juste avant que mon doigt n'appuie sur le bouton, je fais une pause et je me demande si je devrais le faire. Comme siDodley peux me voir, un autre texte apparaît.

Dodley: De plus, vous pourriez avoir besoin d'aide pour savoir où aller aujourd'hui.

Il dit ce que j'ai besoin d'entendre, alors je fais ce qu'il demande.

Dodley: Merci mon coeur

Ces mots font battre mon cœur, mais je suis ramené à la réalité lorsqu'une voiture klaxonne derrière moi. Je lâche mon pied du frein et commence à conduire. Je force mon esprit ailleurs du mieux que je peux. J'ai déjà planifié l'itinéraire dans ma tête en fonction de tous les lieuxDodley m'a dit d'y aller.

Si je suis bon dans quelque chose, c'est la mémorisation. Cela a rendu l'école facile pour moi mais aussi ennuyeuse. J'adore conduire en ville et m'orienter. C'est l'une des seules bonnes choses qui ressortent de la situation de mes parents. Je ne l'appréciais pas assez avant, mais maintenant que j'y suis obligé, j'en vois la beauté ici. C'est devenu un casse-tête et je veux le résoudre de la manière la plus rapide pour me rendre d'un endroit à un autre.

Je me déplace pour ramasser et déposer tout ce que je suis censé faire. J'essaie de ne pas y penserDodley, mais c'est comme essayer de ne pas penser à un ours polaire rose dès que quelqu'un vous dit de ne pas le faire. Mais au moins, je suis occupé, et cela me permet de me détendre plus facilement. C'est le premier jour depuis longtemps où je ne suis pas constamment stressé et j'apprécie vraiment ce que je fais. Qui aurait penséDodley avait la capacité de me donner ça sans être avec moi ?

Lorsque j'arrive au troisième arrêt de ma liste, je gare la voiture et sors. Je me tiens devant l'ancienne église transformée en bar et je suis impressionné. Je vois un homme ouvrir la porte d'entrée et venir vers moi.

« Elle est belle, n'est-ce pas ? dit-il alors que nous regardons tous les deux les vitraux.

"Elle l'est", je l'admets. « Comment n'ai-je pas remarqué cet endroit auparavant ? » Je demande en regardant l'homme plus âgé.

« Elle n'a été restaurée que récemment. Elle était destinée à la démolition, maisColin l'a sauvée.

"Dodley?" Dis-je, un peu surpris. L'endroit est magnifique et je me demande pourquoi sa propre maison est si vide.

"Ouais. Il a un faible pour les vieux bâtiments, mais celui-ci ne lui convenait pas. Il secoue la tête comme s'il se souvenait de quelque chose. « Il l'a sauvegardé puis m'a convaincu de l'acheter. Je jure que cet homme peut convaincre n'importe qui de n'importe quoi. Il y a du rire dans sa voix et j'acquiesce.

Même lorsque j'essayais de le repousser, il ne faisait que se rapprocher. J'ai une peur qui me vient à l'esprit : à tout moment, le peu que j'ai pourrait me être retiré sans raison et tout cela est à cause de mon passé. Mais peut-êtreDodley peut-on regarder au-delà de ça ?

« Il a un talent pour voir la beauté de ce qui se cache sous la surface, c'est sûr. Les gens sont passés devant cet endroit pendant des années et n'ont pas pensé à la vieille église.Dodley j'ai vu ce que cela pouvait devenir. Ses paroles le touchent plus près qu'il ne le pense.

Est-ce comme çaDodley tu me vois ? C'est gentil qu'il puisse penser qu'il peut me sauver, mais je devrais me sauver moi-même. L'idée qu'il veuille entrer dans ma vie me donne de l'espoir pour l'avenir.

Je regarde l'église et je me demande si je serais le même. Une fois qu'il aura fini de me sauver, passera-t-il au suivant ? D'après ce que je sais de lui, c'est un bourreau de travail reconnu. Je ne suis pas sûr que je m'en sortirais aussi bien que l'Église s'il passait à un autre projet.

« Laissez-moi vous procurer ces valises », dit-il en retournant dans l'église et en me laissant mijoter dans mes propres pensées. Il revient quelques instants plus tard et met les cartons dans ma voiture pour moi. Ensuite, il me donne un gros pourboire, comme dans tous les autres endroits où je suis allé aujourd'hui.

"C'est trop." J'élève la voix pour qu'il entende, mais il rentre déjà à l'intérieur. Je veux m'assurer qu'il n'en a pas trop donné accidentellement.

"Ne t'inquiète pas pour ça." Il se jette par-dessus son épaule en disant la même chose que tout le monde.

Je regarde l'argent et je me demande siDodley mettez-les à la hauteur. Est-ce ainsi qu'il va essayer de me sauver ? Mes épaules tombent parce que la dernière chose que je veux, c'est de la pitié. Peut-être que je confonds la gentillesse avec ce que je pensais être un petit flirt.

Je mets l'argent dans ma poche et remonte dans ma voiture. Je vois que j'ai un message de Cara et je lui envoie un petit message pour lui faire savoir que j'essaierai de passer plus tard. J'ai encore plusieurs endroits où m'arrêter avant de devoir me rencontrerDodley, et je ne veux rien gâcher.

Chapitre 8

Dodley

La journée a été longue et Simon a été épuisé pendant la majeure partie. Mon sourire est facile alors que je m'assois sur la chaise et regarde le programme se terminer.

"Comment vas-tu si calme?" » demande-t-il en passant ses mains dans ses cheveux.

"Parce que je sais que chaque fois que nous arrivons à ce stade du projet, vous êtes suffisamment stressé et inquiet pour nous deux." Il lève les yeux au ciel, mais je hausse les épaules. «Je sais aussi que ça marche toujours. Nous livrons à temps et cela se passe toujours sans accroc. Pourquoi cela devrait-il être différent ? »

«Je déteste quand tu as raison», marmonne-t-il alors que le programme se termine et que le test est un succès.

"Assurez-vous simplement que votre smoking est prêt pour demain", dis-je alors qu'il se lève et attrape son sac.

« Je suis toujours prêt à être au centre de l'attention. Ne m'embarrasse plus avec un costume bleu marine.

Je pose une main sur mon cœur comme s'il m'avait blessé. "Dean a dit que j'avais l'air fringant."

"C'est un menteur." Je ris tandis que Simon récupère ses clés et se dirige vers la porte, mais avant de pouvoir sortir, il manque de croiser Martine. "Bonjour, petit, tu es perdu ?"

Il la regarde comme si c'était un chaton perdu, mais c'est probablement parce qu'il ramène toujours des chats errants.

"Elle est à moi", dis-je, et Martine me regarde et se mord la lèvre inférieure pour cacher son sourire.

"Est-ce qu'elle l'est maintenant?" Il lui tend la main et prend la sienne. «Je m'appelle Simon et je sais tout surDodley. Alors, si vous voulez de la saleté, faites-le-moi savoir. Il lui fait un clin d'œil et elle acquiesce.

"Je garderai cela à l'esprit car pour le moment, il semble trop parfait." Quand elle me regarde, ses cheveux blonds encadrent son visage et elle a l'air si douce que j'en ai mal aux dents.

"Eh bien, la vérité est qu'il l'est, mais ne lui dis pas que j'ai dit ça." Il se penche et fait semblant de murmurer. "Tu es la première dame à qui il me présente, et je dois dire que je suis déçu." Je fais un pas vers lui, mais il sourit comme si je ne comprenais pas la blague. "J'espérais qu'il jouerait pour mon équipe parce que j'ai beaucoup d'amis qui me demandaient de me présenter."

Martine me regarde et hausse les sourcils.

« Je suppose qu'ils vont tous être dévastés maintenant. Est-ce que je te verrai demain à la fête ? Simon demande à Martine, mais je réponds à sa place.

"Elle sera là."

"Je suppose que je le ferai", accepte-t-elle, et j'ai chaud dans ma poitrine.

« Amusez-vous bien, les enfants. Je rentre chez moi avec une bouteille de vin et dix heures de sommeil.

Je lui fais un signe de tête alors qu'il part et Martine entre dans la salle de contrôle.

« Je ne savais pas où aller. L'agent de sécurité en bas m'a montré...
»

Avant qu'elle puisse finir la phrase, je me précipite vers elle et lui tiens le visage pendant que je l'embrasse à fond. Ses lèvres sont douces et ses mains bougent sous mes bras et autour de mon dos. Ses doigts agrippent le tissu de ma chemise, me tirant plus près, puis sa bouche s'ouvre pour moi.

Le premier goût de sa langue contre la mienne est comme un shot de whisky directement sur mon corps. J'ai pensé à elle sans arrêt toute la journée et c'est la seule chose que je voulais faire. Eh bien, il y en avait bien d'autres, mais celui-ci était le premier sur la liste.

"J'ai oublié mon-"

Simon revient dans la chambre et Martine rompt le baiser en enfouissant son visage dans ma poitrine. Je ris devant l'air choqué sur le visage de Simon alors qu'il attrape son téléphone et recule lentement hors de la pièce.

«Euh, ça ne me dérange pas. Passez une bonne nuit tous les deux.

Quand la porte se referme, j'embrasse le haut de la tête de Martine jusqu'à ce qu'elle me regarde. Son visage est rouge vif et elle se mord la lèvre inférieure.

"Désolé", murmure-t-elle, mais je secoue la tête et embrasse rapidement ses lèvres.

«Je devrais être désolé. J'ai pensé à t'embrasser toute la journée et j'ai perdu le contrôle. Je remets ses cheveux derrière son oreille et je sens ses mains sur le bas de mon dos. Je l'embrasse à nouveau rapidement parce que je ne peux pas m'arrêter maintenant que j'ai goûté à elle.

"J'ai pensé à toi aussi." Elle me regarde à travers ses cils tandis que mes pouces frottent sous son menton.

« Alors, tu viens avec moi demain soir ? » Je demande en effleurant les siennes avec mes lèvres. Soudain, elle se tend et je me penche en arrière.

«Je vais devoir voir ce que je peux porter. Je n'y ai pas pensé avant de dire oui.

« Êtes-vous passé au magasin de Kensington ? Je demande et elle acquiesce. "Alors tu l'as déjà récupéré."

Ses yeux s'écarquillent sous le choc. "De quoi parles-tu?"

"L'une des courses que je t'ai confiées aujourd'hui était de récupérer une robe pour demain. Je sais que c'est une invitation de dernière minute à un événement formel. Je ne m'attendais pas à ce que tu aies une robe de bal sous la main. Je lui souris et son corps se détend. "Je pense que Simon est la seule personne que je connaisse à posséder un smoking."

« Quel genre de robe as-tu choisi ? Comment savez-vous qu'il conviendra ? J'ai tellement de questions.

"Ne t'inquiète pas des détails, ma chérie. Laisse-moi juste t'emmener à un rendez-vous.

Je vois à nouveau le rougissement sur ses joues alors qu'elle relève timidement son menton et hoche la tête. "Pourquoi ne me dis-tu pas ce que tu fais?" dit-elle en désignant la banque d'ordinateurs devant moi.

"Un peu de tout." Je lui prends la main et la conduis vers mon siège, mais avant qu'elle puisse s'éloigner, je la tire sur mes genoux. "C'est le programme sonore que nous exécutons pour nous assurer que l'acoustique sera parfaite."

"Quel est cet endroit?" Elle regarde par-dessus le côté de la loge vers tous les sièges en dessous.

«C'était un vieux music-hall. Le quartier va l'utiliser pour des événements. Je pense qu'à un moment donné, ils ont projeté de vieux films ici. Je regarde son visage pendant qu'elle étudie le bâtiment puis tout ce qui se trouve devant nous.

"C'est si beau. Le théâtre me rappelle le film Annie.

"Vraiment? As-tu aimé celui-là en grandissant ?

Ses yeux s'illuminent et elle hoche la tête. «C'était mon préféré. J'ai adoré qu'elle soit dans une mauvaise situation à l'orphelinat, mais cela n'a pas arrêté son esprit. Puis elle s'est retrouvée avec des parents qui l'aimaient. Il y a de la tristesse dans ses yeux et je suis surpris de voir à quel point mon cœur souffre pour elle. Je veux lui en demander davantage, mais elle secoue la tête et sourit. «J'ai dû le regarder mille fois. La partie où ils vont au cinéma était ma préférée. Ce théâtre ressemble à ça. Auront-ils des films ici ?

"Je pense que oui", dis-je en passant ma main sur son épaule et dans son dos. Je ne peux pas garder mes mains sur elle. « Je vais devoir poser des questions sur le calendrier des événements. Nous pouvons revenir et les regarder.

"Ça a l'air vraiment sympa." Elle joue avec le col de ma chemise et il semble qu'aucun de nous ne puisse se concentrer pour le moment.

"Puis-je te ramener à la maison?" Ma voix est basse alors que je me rapproche d'elle. Même avec elle assise sur mes genoux, je la domine. "Vous pouvez voir la robe que vous avez achetée et je peux vous préparer le dîner."

"Ne me menace pas de passer un bon moment", dit-elle, et cette fois c'est à son tour de s'approcher et de presser ses lèvres contre les miennes.

Elle est audacieuse avec son baiser et je la serre contre moi pendant qu'elle me respire. Son corps est moulé contre le mien et ma grosse main sur ses fesses serre fort. Mon Dieu, je veux m'enfoncer en elle et découvrir à quel point elle est serrée. J'imagine que sa chatte a des boucles blondes et est serrée comme un poing. L'idée de la baiser fort pendant qu'elle s'accroche à moi me fait reprendre notre baiser. J'exige son attention pendant que je la respire en moi et que j'essaie de forger nos corps ensemble.

Je ne sais pas combien de temps nous nous embrassons, mais au moment où elle rit et me serre dans ses bras, je sais que cela fait plus longtemps que nous ne le pensons tous les deux.

"Allez, ou je serai ici avec toi toute la nuit", dis-je en me levant.

Quand elle se retourne, j'essaie d'ajuster ma bite, mais elle est si grosse et si dure que je n'ai nulle part où aller. Elle se retourne au moment où j'essaie de savoir quoi faire avec mon monstre et elle met ses mains sur sa bouche.

"Je n'ai rien à dire, à part que j'aime vraiment t'embrasser." Son visage est aussi rouge qu'une bouche d'incendie alors que je la rapproche de moi. Je me rapproche et garde mes mots à voix basse. "As-tu eu un homme entre tes jambes, chérie?" Quand elle fait non de la tête, je presse mes lèvres contre son cœur. "Ne t'inquiète pas, je ferai de toi une femme."

Son corps frissonne et elle halète lorsque mes deux mains se déplacent vers ses fesses et que je la serre contre ma bite. Je peux me sentir grogner dans ma poitrine avant de lâcher prise à contrecœur et de lui tenir la main alors que nous quittons le théâtre.

« Personne ne m'a jamais parlé de cette façon », dit-elle une fois dehors.

"Aimez-vous?" J'embrasse le dos de sa main alors que nous nous dirigeons vers sa voiture.

"Oui." Elle l'admet comme si elle ne voulait pas et maintenant c'est à mon tour d'essayer de cacher mon sourire.

Je lui ouvre la porte conducteur et elle monte. Quand je fais le tour de l'autre côté et que je monte, elle me regarde avec curiosité.

"Quoi?" Je pose ma main sur le dossier de la chaise et j'attends.

"Tu ne ressembles à aucun homme que j'ai jamais rencontré." Elle démarre la voiture puis me regarde à nouveau. "Et je n'arrive pas à décider quoi faire à ce sujet."

"Nous n'avons pas à prendre de décision ce soir", dis-je en me penchant et en l'embrassant dans le cou. « Mais je ne fais pas marche arrière. Nous pouvons aller aussi lentement que vous le souhaitez, mais il n'y a pas de retour en arrière possible.

Elle réfléchit une seconde puis hoche la tête avant de se diriger vers chez moi.

Chapitre 9

Martine

"Tu ment!" Je crie commeDodley me chatouille sur le canapé.

"C'est vrai." Il se penche en arrière et je suis essoufflée à force de rire si fort.

"Je n'y crois pas une seconde." Mes doigts se déplacent sous ses bras, puis jusqu'à sa taille et au-delà de son érection très proéminente jusqu'à l'arrière de ses jambes. "Tu n'es vraiment chatouilleux nulle part ?"

"C'est une bonne chose parce que tu es assez chatouilleux pour nous deux." Il touche à peine ma taille et je double de rire.

"C'est juste..." Je respire, puis je retombe sur le canapé alors qu'il se déplace sur moi. "C'est seulement parce que je sais que tu vas le faire."

Son poids est agréable et j'écarte les jambes pour pouvoir le bercer entre elles. Il sourit, mais ses yeux sont affamés et je sens cette épaisse crête qu'il a dans son jean contre mon point idéal.

Nous sommes revenus et il m'a préparé le dîner. Puis il a refusé de me montrer la robe qu'il voulait que je porte demain. Je n'arrêtais pas de dire que je devrais l'essayer au cas où il ne me conviendrait pas, mais il a dit que cela n'arriverait pas. Il était si confiant et arrogant que cela m'a poussé à l'embrasser, puis nous avons fini par nous embrasser pendant une heure. Ensuite, nous nous sommes installés sur le canapé et nous avons parlé pendant des heures entre les baisers et lui qui me frappait à sec. Je ne peux pas dire que je n'aime pas la façon dont la nuit s'est déroulée.

Il s'enfonce en moi comme il le ferait si nous faisions l'amour et je gémis. Comment est-il si parfait ? Agirait-il de cette façon s'il connaissait la vérité ? Ces pensées me traversent la tête, mais je décide de les ignorer parce que cela me fait trop du bien.

"Parle-moi de cette cicatrice", dit-il lorsqu'il remonte ma chemise et voit la petite ligne sous mon soutien-gorge.

Je le laisse pousser ses doigts sous mon soutien-gorge jusqu'à ce qu'ils trouvent mon mamelon dur. Il y a un pincement et je sors presque du canapé alors qu'il pousse mon soutien-gorge jusqu'au bout pour révéler ma poitrine.

"Au lycée, un match de crosse", je respire alors qu'il se penche et trace la forme de mon mamelon avec sa langue.

Je saisis le canapé quand il le suce dans sa bouche et que sa main trouve mon autre sein. Quand sa bouche le couvre, je passe mes mains entre mes jambes et jusqu'à la ceinture de son jean. Je tâtonne avec la boucle avant de les ouvrir, mais il ne m'arrête pas. C'est plus loin que ce que nous sommes allés auparavant. Les baisers et les caresses sur les vêtements ne pouvaient durer qu'un temps limité.

Lorsque ma paume s'enroule autour de sa circonférence substantielle, mes yeux s'ouvrent. Mon Dieu, il est massif, mais au lieu d'avoir peur, mon sexe se contracte. Qu'est-ce que cela va ressentir à l'intérieur de moi ? Est-ce ainsi qu'il va faire de moi une femme ? Parce que je suis presque sûre que cela va me rendre enceinte si nous ne ralentissons pas.

"Attention", grince-t-il en léchant mon téton.

Je réalise que je le serre fort et je desserre la prise en bougeant ma main de haut en bas. Je suis choqué quand ça continue et j'avale de manière audible. Je baisse les yeux pour m'assurer de ne pas tenir sa cuisse dans ma main par erreur. Quand mes yeux se posent sur l'épaisse tête rougeâtre de sa queue, je m'évanouis presque. Eh bien, ça ne me rentrera jamais dans le cul, c'est sûr.

Comme si je sentais mon appréhension, Dodley embrasse mon ventre et je sens ses doigts sur la taille de mon jean. "Laisse-moi t'embrasser un peu et voir si nous pouvons l'adapter."

Oh merde, est-ce que ça arrive vraiment ?

Ses mains sont fortes alors qu'elles enlèvent le denim de mes hanches ainsi que ma culotte. Ma chemise est relevée et je suis nue de la taille aux pieds alors qu'il s'agenouille sur le sol entre mes cuisses.

"Tout aussi jolie et rose que je pensais que tu serais", dit-il en faisant glisser ses jointures entre mes lèvres et sur mon clitoris.

"Dodley.» Je prononce son nom comme une malédiction en m'asseyant et en essayant de fermer mes jambes.

"C'est vrai, chérie", dit-il en me regardant.

Il ne rompt pas le contact alors qu'il se penche et m'embrasse doucement sur la chatte pendant que ses yeux restent sur les miens. Cela rend le tout beaucoup plus intime et réel que tout ce que j'imaginais et je ne peux pas détourner le regard. La sensation de sa langue contre moi est délicieuse et sombre. Je tends la main et passe mes doigts dans ses cheveux et il ferme les yeux comme s'il savourait son dessert préféré. Comment puis-je fonctionner après avoir su à quel point cela fait du bien ? Vais-je me promener toute la journée en voulant qu'il me lèche entre mes jambes ? Parce que pour le moment, je ne veux jamais que ça se termine.

Je me sens avancer vers un point culminant, mais cela ne ressemble à rien de ce que je me suis jamais donné. Normalement je me précipite jusqu'au bout et je ne prends pas mon temps, mais là, je ne veux pas en finir. Comme s'il le sentait, il ralentit et me lèche à un rythme paresseux. Je sens sa langue plonger plus bas et à l'intérieur de moi et je gémis si fort que je devrais être gêné.

Je ne regarderai plus jamais sa bouche de la même manière, et j'aimerais pouvoir lui sucer la bite en même temps. Mais pour être honnête, il finirait probablement par poser sa bite sur mon visage pendant qu'il me mangeait. C'est tellement bon que je ne connais même pas mon nom pour le moment et je m'en fiche.

Quand je commence à gémir, il remonte vers mon clitoris et cette fois, il ne me va pas doucement. Je sens deux doigts s'enfoncer dans ma chatte au moment où je crie son nom. Le point culminant me frappe rapidement et je n'y suis pas préparé car je me brise en morceaux. C'est un feu brûlant qui jaillit dans mes veines et je ne peux qu'imaginer que c'est à cela que ressemble la drogue.

"Dodley", je marmonne alors qu'il me retire le reste de mon orgasme et me lèche proprement. J'ai un sourire collé au visage alors qu'il bouge entre mes jambes et je sens la chaleur de sa queue sur moi.

Il ne pousse pas contre moi comme il le voudrait. Au lieu de cela, il glisse à travers mes plis mouillés, me laissant simplement sentir sa taille.

"Tu es la plus belle femme que j'ai jamais vue", dit-il en s'allongeant à nouveau sur moi et en me regardant dans les yeux. "Viens au lit avec moi. Je veux te serrer dans mes bras pendant que tu dors.

"Qu'en est-il de...?" Je bouge mes hanches et sens sa longueur dure pour souligner mon point.

Il prend une inspiration et secoue la tête. "Viens au lit. Nous pourrons le découvrir plus tard.

Il me tire du canapé et me prend dans ses bras, mais alors qu'il commence à marcher, j'entends mon téléphone dans le salon. Il était rentré dans le dos de mon jean et nous l'avons laissé là. J'entends la sonnerie que j'ai pour Cara et je maudis, me rappelant que j'ai oublié de passer à l'appartement et de lui déposer de l'argent.

Je ne suis pas sur le point de lui donner tout ce que j'ai gagné, mais elle aura besoin de quelque chose pour la garder à l'écart. Je réfléchis un instant à répondre à la fin de l'appel. Mais à ma grande surprise, ça sonne à nouveau tout de suite etDodley fait une pause.

"Avez-vous besoin de l'obtenir?" Ses sourcils se froncent d'inquiétude quand j'acquiesce.

Il est tard, mais Dieu sait ce qu'elle fera si je ne réponds pas. Il hoche la tête et me pose et je cours pour retirer mon téléphone du sol. Je brouille et j'appuie sur Répondre avant qu'il ne puisse s'éteindre à nouveau.

"Bonjour?" Dis-je, presque essoufflé.

"Veux-tu m'expliquer ce que fout ma voiture assise ici et tu es introuvable ?"

Chapitre 10

Martine

"J'arrive", dis-je à Cara et je mets fin à l'appel. Quand je regardeDodley, ses sourcils sont froncés avec un mélange d'inquiétude et de colère. "Colocataire", je réponds, et j'espère que c'est une explication suffisante pour le moment. "Je dois y aller."

J'attrape mon pantalon, maisDodley les tire de mes mains. "Tu ne vas nulle part."

Son ton est ferme. Je ne veux pas y aller non plus, mais je n'ai pas le choix. J'ai envie de crier de frustration, mais je garde les mots derrière mes lèvres. Ils sont gonflés par ses baisers parce que je ne suis pas habitué à cette attention. Je les lèche à l'idée de l'embrasser à nouveau et ses yeux bleus suivent le mouvement. Il se lèche les lèvres et j'imagine qu'il peut me goûter.

« Vous n'allez nulle part », répète-t-il.

«Je dois lui rendre la voiture. C'est la sienne," je l'admets, mais je suis presque sûr qu'il a entendu cette information lorsque Cara a crié dans mon téléphone.

Elle fait une crise de colère et qui sait ce qu'elle fera si je ne sors pas pour la voir. La dernière chose dont j'ai besoin, c'est qu'elle provoque une scène devantDodleyle bâtiment. Les flics pourraient être appelés et c'est tout ce dont j'ai besoin : mon nom a de nouveau été diffusé sur Internet. Je finirais par entraîner avec moi l'homme qui m'a offert les meilleures vingt-quatre heures de ma vie et je ne peux pas lui faire ça.

"Elle peut récupérer sa voiture." Ses yeux brillent de quelque chose de nouveau que je n'ai jamais vu auparavant de sa part.

Il a l'air de se préparer pour un combat qu'il sait qu'il va gagner. Cela ne devrait pas m'exciter et j'essaie de le repousser. Je pose mes mains sur mes hanches et ignore que je suis nue jusqu'à la taille.DodleyLes yeux vont droit entre mes jambes et je dois me battre pour rester immobile.

"Donc tu n'es pas toujours doux et charmant." Je suis énervé, mais pas contre lui. Je suis en colère contre toute la situation. J'ai vécu le meilleur moment de ma vie il y a à peine quelques minutes et maintenant je vais tout perdre.

Je tends la main pour lui récupérer le jean, mais il est plus rapide. Sa grosse main s'enroule autour de mon poignet alors qu'il m'attire dans son corps chaud. Je trébuche sur mes propres pieds, mais je ne tombe pas au sol. Il m'attire contre lui et m'enveloppe étroitement dans ses bras. Il me fait savoir sans mots que je ne vais nulle part et me rappelle ce qui lui a traversé les yeux il y a quelques instants. On ne peut pas se tromper sur sa domination, et même si je ne l'ai peut-être pas vu auparavant, elle a toujours été là, cachée sous la surface.

"Attention, chérie." Sa voix est douce et je fond contre lui. «Je vais t'accompagner pour lui donner les clés. Ensuite, elle pourra foutre le camp d'ici.

"Je peux y aller seul." Peut-être que je pourrai en profiter un peu plus longtemps. Qui sait sur qui je rencontrerai demain, mais je pourrais passer cette nuit dans son lit. Peut-être qu'il pourra voir davantage qui je suis vraiment et que je ne ressemble en rien à mes parents. Une partie de moi sait qu'il s'en fiche, mais la fille effrayée en moi qui a tout perdu une fois ne peut pas s'accrocher à ce genre d'espoir.

Il grogne puis secoue la tête. « Après la façon dont je l'ai entendue te parler ? Je ne le pense pas, putain. Il m'embrasse avant que je puisse répondre et je m'accroche à lui avec tout ce qu'il me reste en moi car cela pourrait être notre dernier baiser.

« Si vous n'arrêtez pas de faire ça, nous n'irons nulle part. »

Aussi tentant que cela puisse être, je sais que d'une manière ou d'une autre nous devrons le faire parce que Cara fera une scène. Comme au bon moment, mon téléphone sonne à nouveau etDodley malédictions. Il me laisse partir et répond au téléphone. Ma bouche s'ouvre alors qu'il le fait.

"Nous sommes en route vers le bas." Il n'attend pas de réponse, met fin à l'appel et jette mon téléphone portable sur une chaise.

"Je ne peux pas croire que tu lui as dit ça." Je ne suis pas en colère qu'il l'ait fait. Je suis choqué. Il est toujours aussi charmant et doux, mais j'aime ce côté de lui.

"Elle a parlé à ma femme de cette façon, je lui parlerai de cette façon."

"Cela ne devrait pas m'exciter", je marmonne en secouant la tête. Quand j'entends son rire profond, je lui jette un coup d'œil. "Ce qui vous fait rire?"

« Enfile ton pantalon pour que nous puissions descendre et en finir avec ça. Je te veux dans mon lit." Il me tend mon pantalon et je l'enfile pendant qu'il redresse ses propres vêtements.

"Tu es autoritaire", lui dis-je en enfilant ensuite mes chaussures.

"J'ai mes moments." Il hausse les épaules. « Quand on me pousse, je ne recule pas. Si quelqu'un est gentil avec moi, je serai gentil avec lui. Je n'ai pas besoin d'être un connard dans la vie pour obtenir ce que je veux. Je préfère être gentil, mais comme vous pouvez le constater, certaines personnes ne comprennent pas et il faut les traiter en conséquence. Peut-être qu'ils apprendront une leçon dans le processus.

J'aime sa logique. Plus d'une fois, j'ai eu envie de gronder Cara, mais je n'avais pas ce luxe. Non seulement je vais peut-être le perdre ce soir, mais je perds également le canapé sur lequel je m'écrase. je souris àDodley parce que je m'en fiche qu'il ait pu me coûter ma maison. Il m'a défendu et je ne me souviens pas d'un moment où quelqu'un a fait ça.

"Je n'étais pas le plus gentil quand nous nous sommes rencontrés pour la première fois", lui rappelle-je en me levant et il me tend un manteau.

"Vous êtes l'exception à la règle."

Ses paroles font battre mon cœur. «Je veux que tu saches que mon temps avec toi a été merveilleux. Je ne suis pas sûr que vous sachiez ce que cela signifiait pour moi d'être traité avec autant de gentillesse. Je lui dis ça parce que je veux qu'il le sache au cas où ça se passerait vraiment mal.

"Vous donnez l'impression que les gens sont méchants avec vous." Il fouille mon visage comme s'il pouvait y trouver quelque chose.

"C'est bon, allons juste..." J'essaie de m'en débarrasser, mais il ne veut pas.

« Ce n'est pas bien, et quoi que ce soit, cela ne se reproduira plus. Vous n'êtes peut-être pas prêt à me révéler tous vos secrets, mais jusqu'à ce que je les comprenne, je vous promets que personne ne vous traitera comme une reine. Ils n'apprécieront pas ce qui se passera si je découvre que cela ne se produit pas. » Il me prend la main et entrelace ses doigts avec les miens alors que nous montons dans l'ascenseur.

Je ne savais pas que ça pourrait devenir plus difficile, mais au cours des dernières minutesDodley a brisé tous mes murs. Je crois que je tombe amoureuse de lui et je ne sais pas si c'est sa gentillesse ou sa force mais je lui donne mon cœur.

Il me rapproche de lui et embrasse le haut de ma tête alors que les portes de l'ascenseur s'ouvrent sur le hall. Je ne fais pas quelques mètres avant de l'entendre au loin.

"Je suis vraiment désolé", dis-jeDodley alors que Cara apparaît. Sa tête se tourne vers nous et ses yeux s'écarquillent de surprise lorsqu'elle voit avec qui je me tiens. Par l'expression de son visage, elle sait quiDodley est. En même temps, son emprise sur moi se resserre.

"Dodley?" Les yeux de Cara oscillent entre lui et moi.

« Votre colocataire est Cara Rich ? Jésus." Il dit encore quelques mots choisis dans sa barbe et il ressort clairement de son ton qu'il n'est pas fan d'elle.

"Cara", dit-il d'un ton dédaigneux avec une pointe d'avertissement.

"C'était toi au téléphone?" Ses mains vont à ses hanches. Je ne peux pas dire si elle est sur le point d'exploser ou si elle est en train de le verrouiller. Ses humeurs sont comme un interrupteur, elles s'allument et s'éteignent si vite.

"Je n'apprécie pas que tu appelles ma copine et que tu lui parles comme ça."

Dodley Il fouille dans sa poche et en sort les clés que j'ai totalement oublié d'emporter. Il les jette à l'homme debout à côté de Cara que je n'avais pas remarqué auparavant. Il attrape les clés puis me regarde et je connais le regard. Il me reconnaît et il essaie de comprendre qui je suis.

« Ne te présente pas chez moi en faisant un putain de fou. Gardez vos conneries du côté de la ville, là où votre père vous a mis. Ma bouche s'ouvre et je reste sans voix. Je rirais si je pouvais le sortir du choc. Le visage de Cara est encore meilleur.

"Qu'est-ce que tu regardes, Luck?" L'homme me quitte des yeux et lève les mains.

"Désolé, mec, elle avait l'air familière." Il essaie de remettre ses clés à Cara, mais elle l'ignore. On dirait que sa tête va exploser d'une seconde à l'autre.

"Ça va empirer", je murmure àDodley, parce que Cara peut être imprévisible.

"Vous vous moquez de moi, n'est-ce pas ?" Elle regarde autour du hall de l'immeuble et je ne suis pas sûr de ce qu'elle cherche. Sa tête revient vers nous comme si elle avait trouvé sa réponse. "Je ne pensais pas que tu en faisais partie." Elle plisse les yeux surDodley.

« De quoi parle-t-elle ? Je lui demande.

"Qui sait?"Dodley dit en roulant les yeux.

"Ne fais pas l'idiot,Dodley. Je vois à travers le bon vieux garçon maintenant. Tu es comme mon frère et les autres. Elle secoue la tête et me regarde. « Ayez votre sale petit secret. Je pensais que tu étais plus intelligent que ça.Dodley se tend à côté de moi. « Ils ne s'installent jamais. Il va vous épuiser et vous jeter de côté comme les autres. Elle essaie d'avoir l'air dégoûtée, mais je n'y crois pas. "Allez, Martine, au moins avec moi tu sais où tu en es." Elle attend comme si j'étais un chien de compagnie et elle s'attend à ce que je vienne vers elle.DodleyL'emprise sur moi se resserre, mais je ne vais nulle part.

« Je ne sais pas de quoi tu parles, Cara. La coke a apparemment mangé toutes les cellules cérébrales de votre tête, parce que vous avez perdu la tête. Sors d'ici," Dodley lui dit et confirme ce que je pensais de sa consommation de drogue.

« Arrêtez ces conneries », lui lance-t-elle, et ses vraies couleurs ressortent. « Tu es juste meilleur pour cacher ce que tu es que le reste de ces connards. Il m'a fallu autant de temps pour comprendre parce que vous avez vraiment dupé tout le monde, n'est-ce pas. En fait, je pense que tu es pire. Au moins avec les autres, nous pouvons voir ce qui s'en vient, mais vous l'avez probablement entièrement enveloppée en vous. Elle a vécu assez de conneries comme ça. Cara le dit comme si elle tenait à moi.

Cara a traversé une tempête de merde de mecs et elle doit supposer queDodley c'est comme les gars qui courent dans son cercle. Les gars aiment son frère, Lance. Je suis peut-être naïf, mais je n'en crois pas un mot. Cara est aussi une utilisatrice, et même si elle ne veut peut-être pas me baiser, elle veut des choses de moi.

« Ne parle pas de lui comme ça. C'est un homme bien, Cara. Je t'ai donné tes clés et je pense que tu devrais y aller," lui dis-je en priant pour qu'elle écoute.Dodley ne mérite pas ses accusations.

Elle va ouvrir la bouche, maisDodley la coupe. « Je ne suis pas stupide, Cara, et tes jeux ne fonctionneront pas ici. Je ne sais pas pourquoi tu veux tant Martine, mais ça n'arrive pas. Prends le jeu d'escroquerie que tu as probablement appris de ton père et fous le camp de mon immeuble. Je ne le répéterai pas.

"Va te faire foutre." Elle piétine son pied et manque de tomber quand elle le fait avec ses talons de cinq pouces. « Mon père n'est pas l'escroc », rit-elle. "Donnez-moi une putain ce pause,Dodley. Tu donnes ta bite à la fille du plus gros escroc de cette ville.

Je laisse échapper un petit cri, incapable de m'arrêter. « Martine Nicklas », dit l'homme à côté de Cara, décrivant qui je suis et informantDodley en même temps.

"Méthode."Dodley lève la main et c'est alors que je remarque le portier vêtu de noir qui cherche le téléphone.

«Je pars, pas besoin d'appeler les flics», coupe-t-elle alors qu'il me regarde. "Sortez vos conneries de chez moi."

"Avec plaisir,"Dodley des réponses pour moi. "J'aurai quelqu'un là-bas à la première heure demain matin." » dit-il, et ça l'énerve. Elle attrape les clés et s'en va, maisDodley prononce son nom et elle se retourne. «Dites à votre frère de rester loin de ma copine. Je vous promets que votre famille n'aimera pas les conséquences si les choses ne se passent pas comme je le souhaite. Elle ne semble pas se soucier de sa menace et lui fait un doigt d'honneur en s'éloignant.

Dodley regarde le gars qui est toujours debout dans le hall. "Cara était-elle là ce soir parce qu'elle était avec toi?"

"Ne m'insulte pas avec cette merde parce que tu es énervé et que je ne surveillais pas ta copine." L'homme secoue la tête alors qu'il se dirige vers une rangée d'ascenseurs et monte.

"Désolé pour ça, Allen,"Dodley dit au portier.

"Pas de problème du tout, monsieur", dit-il.

« Je ne veux pas qu'aucun membre de la famille Rich entre dans ce bâtiment. Je me fiche de savoir qui ils sont ici pour voir.

"Je vais le faire savoir aux autres."

"Merci. Passez une bonne nuit », dit-il à l'homme avant de me guider vers son ascenseur privé.

«J'aurai peut-être besoin d'une douche après avoir eu affaire à cette sorcière. Elle ressemble à sa mère, mais elle se comporte comme son père. Ce sont tous des consommateurs et je ne parle pas seulement de drogue. Il m'attire contre lui alors qu'il presse son nez contre le haut de ma tête et il me respire.

« Dis quelque chose sur ce que tu as découvert. À propos de qui je suis », je murmure. Les portes de l'ascenseur s'ouvrent, mais nous ne bougeons pas tandis que sa main se pose sur mon menton. Il m'oblige à le regarder pour que je ne puisse pas me cacher une seconde.

«Je m'en fiche», me dit-il simplement.

« Elle avait tellement tort à ton sujet. Je déteste qu'elle... »

"Chérie, ne laisse pas ses mots te toucher, car ils ne signifient rien pour moi."

Le poids du monde s'enlève de mes épaules alors qu'il me serre contre lui. Avant que je sache ce qui se passe, je suis dans ses bras et il me transporte hors de l'ascenseur et me ramène chez lui. J'enfouis mon visage dans son cou et c'est à mon tour de l'inspirer. Quelques instants plus tard, mon dos touche son lit et il descend sur moi. Mon homme doux et charmant est de retour et je tends la main et touche son visage, voulant m'assurer qu'il est réel.

« Est-ce que vous comprenez maintenant ? demande-t-il avant de m'embrasser profondément et de commencer à me déshabiller. « Je m'en fiche de toutes ces conneries. Je me soucie de ce qu'il y a ici. Il pose sa paume sur mon cœur.

"Tu es un homme bon,Dodley. J'aurais dû savoir que tu ne t'en soucierais pas. J'ai juste eu peur », j'avoue. « J'ai tellement peur de tout perdre à nouveau. Je ne laisse personne s'approcher parce que je ne veux pas les perdre ou les voir s'en moquer lorsqu'ils me perdent. À ce moment-là, je réalise que la perte de mes parents m'a fait plus mal que je ne l'ai jamais admis.

"Je suis déjà proche, chérie." Il se penche et frotte sa bouche contre la mienne. "Il n'y a aucune chance que je sois assez stupide pour te laisser partir, et quiconque l'a fait n'était pas digne de toi." Mes yeux commencent à pleurer à ses douces paroles.

"Rien de tout ça", me dit-il en m'adressant son sourire parfait. "Laisse-moi te montrer à quel point je suis digne de t'avoir." Il glisse le long de mon corps et m'embrasse entre mes jambes jusqu'à ce qu'il m'arrache jusqu'à la dernière once de plaisir et que je m'endorme.

Chapitre 11

Dodley

Je la regarde dormir parce que je ne veux pas manquer un moment avec elle. Elle est sur le côté et les lumières sont éteintes, mais j'ai laissé la porte de la salle de bain entrouverte pour pouvoir la voir encore. La douce lueur illumine sa silhouette et je mémorise chaque courbe de son corps.

Elle est complètement nue avec les couvertures repoussées. Après que je me sois régalé d'elle, elle s'est blottie contre elle et n'a plus bougé depuis. Je passe mes doigts de son épaule à sa hanche, d'avant en arrière pendant qu'elle fredonne d'un air endormi.

Tout ce qu'elle a vécu ces derniers mois a dû être un enfer. J'ai recherché sa famille et j'ai vu ce qu'ils avaient fait, mais cela ne m'a pas éloigné d'elle. Plus je lisais, plus cela me donnait envie de la protéger car il est clair que personne d'autre ne l'a jamais fait. Je ne me sens pas désolé pour elle, car elle est là malgré les chances qui sont contre elle. C'est probablement la personne la plus forte que je connaisse, et tout ce que je veux, c'est être à ses côtés.

Avec quelle rapidité ma vie a basculé et j'ai vu la nouvelle perspective qui s'offrait à moi. Je n'ai jamais pensé au coup de foudre ou au fait que je pourrais être si complètement séduit par quelqu'un avec un seul mot. Mais depuis que je suis monté à l'arrière de la voiture de Martine, c'est exactement ce qui se passe. Chaque fois qu'elle me sourit, rit ou même me touche, je tombe complètement et follement amoureux d'elle.

«Tu es spécial. N'arrêtez jamais de croire cela. Je murmure la citation d'Annie et je pense à elle comme à une petite fille qui regarde ce film.

Je parie qu'elle souhaitait que quelqu'un vienne la secourir. C'est dommage qu'il m'ait fallu si longtemps pour la retrouver.

Me penchant en avant, je pose mes lèvres sur son épaule et la serre contre moi. Elle se blottit contre ma poitrine et je ferme les yeux, jurant que je serai celui qui l'aimera pour le reste de sa vie. Je suis content pour la première fois de ma vie et je n'ai pas l'impression de courir d'un emploi à l'autre. Peut-être que tout cela a conduit à trouver Martine et que c'est donc mon travail maintenant.

Le soleil se lève et je ne me suis pas endormi, mais je me sens plus reposé que depuis très longtemps. Elle s'étire et je la regarde commencer à se retourner puis se réveiller en sursaut. Je dois retenir mon rire quand elle se redresse et regarde autour d'elle avec ses cheveux ébouriffés et un regard sauvage dans les yeux. Puis elle réalise qu'elle est dans le lit avec moi et elle sourit en retombant sur l'oreiller.

«Je pensais que j'allais rouler du canapé», dit-elle en se couvrant le visage avec ses mains. Elle commence à rire et le mouvement fait bouger ses seins et bien sûr maintenant j'ai envie de lui sucer les tétons.

Je me penche en avant et me frotte le nez contre la visière serrée, et son rire se transforme en gémissement. Je passe ma langue sur les bords, puis je la taquine avec mes dents. Ma bite est dure et exigeante contre mon caleçon, mais j'ai réussi à l'ignorer pendant la majeure partie de la nuit. Je ne me faisais pas confiance pour dormir nu avec elle, mais maintenant je ne sais plus trop combien de temps je pourrai attendre.

"As-tu une idée à quel point tu es belle?"

Je me déplace vers son autre sein et m'y régale avant de la rouler sur le dos et de me déplacer sur elle. Ses jambes écartées et je m'installe entre elles, me balançant contre elle.

"Peut-être que tu devrais les enlever", dit-elle alors que ses doigts touchent la ceinture de mes sous-vêtements.

J'arrête de respirer lorsqu'elle plonge sa main à l'intérieur et enroule ses doigts autour de ma longueur. Je pose mon front contre le sien lorsqu'elle commence à bouger sa main de haut en bas.

"Si tu continues comme ça, je ne pourrai pas m'arrêter."

"Je ne veux pas que tu le fasses."

Je la regarde dans les yeux et j'y vois un besoin aussi profond que le mien. Alors qu'elle baisse mes sous-vêtements et sort ma bite, je suis impuissant face à ce qu'elle veut. Elle frotte la pointe enflée dans ses plis humides et j'ai l'impression que chaque terminaison nerveuse de mon corps est concentrée à cet endroit.

"Après ce que tu as fait pour moi la nuit dernière, quand tu m'as défendu." Elle secoue la tête. "Cela signifiait plus pour moi que tu ne le sauras jamais."

J'avance en m'enfonçant d'un pouce en elle et je sens la chaleur de sa chatte s'enrouler autour de moi. "Je suis tombée amoureuse de toi, Martine Nicklas." Elle halète alors que je me glisse plus profondément en elle et ses parois étroites se contractent. « Il n'y a plus de retour en arrière après ça. J'en ai fini pour toi et je ne te laisserai pas partir.

"Plus!" crie-t-elle en levant les hanches pour me rencontrer.

Je m'enfonce complètement en elle jusqu'à la base de ma bite. Elle est incroyablement serrée jusqu'à la racine, et je serre les dents pour essayer de me retenir. Elle est plus chaude et plus serrée que tout ce que j'ai jamais ressenti auparavant et je ne veux pas me précipiter.

"Je suis à vous, Dodley", dit-elle en me regardant avec des yeux lourds pleins de désir.

Je maudis. Ses mots sont ma perte et je me retire lentement avant de revenir à l'intérieur. Elle crie, mais je ne peux pas m'arrêter alors que j'essaie de l'embrasser doucement pendant que je la martèle. Je murmure des mots d'encouragement et lui dis à quel point elle est belle et parfaite. Je ne peux pas contrôler mes poussées et elles sont inégales et lourdes. Ma seule pensée est de la pénétrer le plus profondément possible et d'enduire son corps de mon sperme. Le poids lourd de mes couilles lui claque le cul et ils exigent leur libération.

"La mienne, la mienne, la mienne", je chante, en tenant ses poignets contre le matelas et en la prenant comme si elle me appartenait.

Une couche de sueur recouvre mon corps alors que je me déplace sur elle. Elle enroule ses jambes autour de moi et sa chatte me serre plus fort à mesure qu'elle se rapproche de son apogée.

"Je ne me retire pas", dis-je en me tenant au plus profond d'elle. "Je prendrai soin de toi."

Je me frotte contre sa chatte sans me retirer et ma bite palpite en elle. Elle palpite autour de moi et je me frotte sur son clitoris. C'est suffisant pour m'envoyer par-dessus bord. Le premier jet de sperme chaud en elle et elle crie son apogée. Nous nous accrochons l'un à l'autre alors que nous trouvons ensemble la ligne d'arrivée et je l'embrasse doucement pendant qu'elle descend de son sommet.

C'est sale et nous sommes tous les deux en désordre. Je sens mon sperme s'échapper d'elle et couler dans son cul. Je lui souris en me penchant en arrière et en la regardant dans les yeux. C'est vraiment la plus belle femme que j'ai jamais vue.

"Prends une douche avec moi", dis-je en me frottant le nez contre le sien, pensant que la vie ne pourrait pas être plus parfaite. Comment ai-je pu vivre sans elle pendant tout ce temps ?

"Tu aimes me diriger." Ses doigts jouent avec les cheveux sur ma poitrine et je souris.

"Vous l'aimez." Je la prends dans mes bras et la porte du lit alors qu'elle hurle de rire.

"Peut-être juste un peu", dit-elle, et je nous accompagne sous la douche.

Chapitre 12

Martine

On ne peut pas tomber enceinte sous la douche, n'est-ce pas ? C'est l'idée que j'ai en enfilant la lingerie qui est disposée pour moi sur le lit.

Dodley m'a laissé ici toute la journée pendant qu'une équipe de personnes venait me rendre belle. J'ai fait nettoyer mon corps même s'il avait déjà fait un travail minutieux plus tôt, puis j'ai été poli et poli à quelques centimètres de ma vie. Je regarde mes ongles parfaits d'une douce couleur gris et je vois qu'ils correspondent aux sous-vêtements que je suis censé porter ce soir. Je suis sûr que ce n'est pas une coïncidence.

Mon sexe se contracte quand je pense àDodley me tenant contre le mur de la douche pendant qu'il me frappait. Il est venu deux fois avant de me déposer, puis il m'a léché entre les jambes parce qu'il voulait voir à quoi nous goûtions ensemble. À un moment donné, il m'a glissé un doigt dans le cul et j'ai cru que j'allais me briser en mille morceaux. Je ne peux pas croire que j'étais si innocent il y a seulement un jour. Je n'aurais jamais pensé que le sexe pouvait être ainsi, et d'après ce que mes amis m'ont dit au lycée, ils devaient avoir mal fait les choses. La première fois ne m'a même pas fait vraiment mal, et ensuite ce n'était que de l'extase.

On frappe doucement à la porte de la chambre et j'entends l'une des assistantes, Luna, demander si tout va bien.

"Juste une seconde", dis-je en enfilant le soutien-gorge, la culotte, les jarretières et le slip assortis. Cela ressemble à une tonne de choses quiDodley il faudra juste que je m'en détache plus tard. Cette pensée me donne le vertige de désir et j'ai hâte qu'il me remplisse à nouveau. Il a comblé un vide dont je ne soupçonnais pas l'existence.

Une fois que j'ai tout mis, j'ouvre la porte et Luna entre avec une housse à vêtements tenue en haut. C'est la robeDodley je ne me laissais pas essayer et maintenant j'ai hâte de le voir. Elle l'accroche à la porte du placard et l'ouvre. Elle enlève la robe et je suis choquée de voir à quel point elle est belle. C'est une dentelle de haut en bas d'une couleur prune profonde et j'ai hâte de l'essayer.

Je me tiens devant le miroir alors que j'y entre et Luna m'aide avec les boutons. Il a des manches longues qui sont bien ajustées jusqu'au bout et le devant plonge bas entre mes seins. Le dos est le même et il y a un petit fermoir à la nuque qui maintient le tissu délicat ensemble. La robe me serre jusqu'aux pieds, où elle tombe en cascade sur le sol. De la façon dont la robe est confectionnée, l'ensemble semble transparent et la dentelle est stratégiquement placée aux bons endroits.

"Dodley va mourir », dis-je en me tournant d'un côté à l'autre dans le miroir et en m'admirant.

Mes cheveux blonds sont détachés et un seul côté de mes cheveux est épinglé en arrière. Ma peau est éclatante et je n'ai jamais été aussi belle. Je veux pleurer.

« Ne fais pas ça. Tu vas gâcher le maquillage," dit Luna en apportant un mouchoir. "Tu regarde-"

"Stupéfiant,"Dodley termine pour elle, et je me retourne pour le voir à la porte. "Merci, Luna, je pense que je peux m'en sortir à partir de maintenant."

Je baisse les yeux et vois qu'il tient une paire de talons et je lui souris. Je fais un rapide câlin à Luna et la remercie pour son aide.Dodley ferme la porte après elle.

"Peut-être que tu devrais rester de ce côté de la pièce", dis-je quand il se rapproche de moi. Il me fait un sourire méchant et je lui tends la main. "Je suis sérieux. C'est le plus beau que j'ai jamais vu et je veux en profiter encore cinq minutes.

"Est-ce tout?" dit-il en se penchant et en m'embrassant sur la peau nue de mon cou. "Je pense que je peux trouver quelque chose à faire en attendant."

Il presse son corps contre le mien et sa bite dure me fait mouiller instantanément. Il a brisé les vannes, parce qu'apparemment, je suis tout le temps excité maintenant. Avant, je m'intéressais au sexe, mais je n'en ai jamais eu l'occasion. Maintenant que je me suis donné àDodley la seule chose que je veux faire, c'est retourner au lit.

« Arrête de me regarder comme ça. L'un de nous doit avoir une certaine maîtrise de soi.

"Pas ça", dis-je rapidement, et il rit et secoue la tête.

"Viens ici et laisse-moi t'aider." Il me prend la main et me conduit vers le lit où je m'assois sur le bord et il s'agenouille devant moi.

Il prend un pied et enfile ma chaussure, puis la boucle avant de passer au suivant. C'est tellement doux et personnel et j'aime la façon dont il me sourit quand il a fini. Je me penche et l'embrasse doucement sur les lèvres, en faisant attention de ne pas mettre le rouge à lèvres prune foncé sur lui.

"Je ne sais pas si je vais m'en sortir ce soir." Il se lève et m'attire vers lui alors qu'il me regarde dans le miroir. Son doigt trace mon dos nu et mes fesses, qu'il attrape. "Je vais devenir fou avec les gens qui te regardent."

« Je suis sûr qu'il y aura beaucoup de monde. Je vais me fondre dans la masse. Du moins, j'espère que je le ferai. J'ai peur de rencontrer des gens de mon passé et de leur causer des problèmes.Dodley.

Il me prend le menton et me fait lever les yeux vers lui. « On ne pourrait jamais se fondre dans la masse, mais surtout pas dans cette robe. Maintenant, arrêtez de vous inquiéter de ce qui va arriver. Tu es à mon bras ce soir et la seule chose dont tu dois t'inquiéter, c'est si tes pieds te font mal.

Il a toujours la capacité de me lire très bien, et même si cela peut être aggravant, c'est en quelque sorte une bénédiction. J'aime le fait que je ne peux pas me cacher de lui et qu'il est déjà prêt à me faire me sentir mieux.

Je lisse le revers de son smoking et redresse son nœud papillon. "Ai-je mentionné que tu es diablement beau?" Je demande, et j'adore son sourire arrogant.

"Je suis là pour te servir de bonbon pour les bras ce soir", dit-il en me tendant la main. Je secoue la tête et lève les yeux au ciel alors que nous sortons de la pièce.

C'est si facile d'être heureux avec lui. Il est joueur et détendu et je suis complètement tombée amoureuse de lui. Je sais que c'est bientôt, mais j'ai vécu ma vie de l'autre côté de la médaille et je ne prends plus rien pour acquis. Je saisis mon moment et je suis avecDodley c'est de cela que sont faits les rêves. Peu importe ce qui se passe ce soir ou dans le futur, nous le découvrirons. Je sens sa force à mes côtés et je sais qu'il ne va nulle part.

Le trajet jusqu'au music-hall est rapide, mais c'est agréable d'être à l'arrière avec lui. De cette façon, je n'ai pas besoin de conduire et de réfléchir à l'endroit où nous allons. je peux regarderDodley alors qu'il me parle avec enthousiasme de son travail et de ce projet qui compte tant pour lui.

Lorsque nous arrivons à l'événement, des paparazzi sont installés à l'extérieur avec un tapis rouge. Je suis instantanément nerveux, maisDodley me prend la main et nous le descendons sans nous arrêter. Il fait signe à quelques personnes et j'entends les caméras sonner, mais il n'y prête aucune attention. J'essaie de puiser dans ses forces au lieu de me concentrer sur mon anxiété et je prends une profonde inspiration une fois à l'intérieur.

« Allons vous offrir une coupe de champagne », dit-il lorsqu'un serveur passe avec un plateau.Dodley il en attrape deux et m'en passe un.

"Vous y êtes, et je vois que vous avez apporté cette beauté époustouflante avec vous", dit Simon en s'approchant et en me prenant la main.

Dodley me retire immédiatement la main de la sienne et je ris tandis que Simon fait semblant d'être offensé. Simon me présente son mari et je ris quand Dean se montre tout aussi protecteur envers Simon queDodley est avec moi.

Dodley me fait visiter la salle de concert et me montre tout le travail qu'ils ont fait. Il y a des photos montrant les progrès et je suis choqué de voir à quoi cela ressemblait avant.Dodley est tellement passionné quand il parle et je me retrouve à poser des tonnes de questions. C'est quelque chose dont je n'avais jamais entendu parler et dont je ne savais pas qu'il était possible. Mais soudain, je le regarde à traversDodleyles yeux et je suis intéressé. Quand je lui souligne quelques points, il semble impressionné que j'y ai pensé.

« Vous avez un bon œil pour des choses comme celle-ci. Peut-être que tu devrais jeter un œil à l'un de mes prochains projets », dit-il en m'attirant près de lui.

Le bâtiment est bondé maintenant et quelques personnes viennent discuter avecDodley. Il joue le rôle de l'hôte, mais il n'engage pas les gens longtemps. Dès qu'il obtient une fenêtre pour sortir d'une conversation, il la prend et nous avançons. Je suis surpris quand je réalise que je m'amuse, mais ça pourrait être les deux coupes de champagne qui entrent en jeu.

"Je dois utiliser les toilettes pour dames", je murmure àDodley et essayez de vous éloigner de lui pendant qu'il parle à quelqu'un. Il s'arrête au milieu d'une phrase et vient avec moi, et je dois retenir mon rire. Il n'a même pas vu l'expression du visage du gars alors qu'il le laissait là. «Je suis sûr que j'aurais pu trouver mon chemin», dis-je alors que nous nous dirigeons vers les couloirs à l'arrière du théâtre.

«Je sais, mais j'aime être à tes côtés. Je suis un bonbon pour les bras, tu te souviens ?

Il m'embrasse rapidement et je fais le tour du coin où se trouvent les toilettes. Il n'y a aucun panneau sur la porte et je reste là pendant une seconde, ne sachant pas laquelle est celle des dames. Je décide d'essayer le premier et je pousse légèrement la porte. Quand je le fais, on me l'arrache des mains et je tombe sur un homme qui sort.

« Excusez-moi », je balbutie, essayant de ne pas tomber sur mes talons.

Mes bras sont serrés douloureusement et quand je lève les yeux, je vois que je suis face à face avec Lance. Le frère de Cara me regarde d'un air renfrogné avec un air de dégoût sur le visage. Je pense qu'il va me libérer, mais au lieu de cela, il me rapproche de lui. J'ai envie de crier, mais la panique monte dans ma gorge et je ne peux pas parler.

"Cara m'a dit que tu avais baiséDodley Colin. Est-ce le seul genre de bite pour lequel tu écarteras les jambes ?

Ses yeux sont grands et ses pupilles ont la taille d'une pièce de monnaie. Il est en sueur et le visage rouge, comme s'il courait, et son smoking est en désordre. La porte s'ouvre derrière lui et je vois un homme sortir et je le reconnais. C'était un ami de mes parents et je jouais avec sa fille quand nous étions enfants. La reconnaissance se dessine sur son visage, mais au lieu de s'arrêter pour voir si je vais bien, il accélère pour s'enfuir. Il connaît Lance aussi et il ne veut pas s'impliquer. Je veux crier pourDodley, car il est clair que personne d'autre ne viendra à mon secours. La peur m'a cloué sur place et ma bouche s'est fermée. Je dois surmonter la peur, mais je ne peux pas.

"Tu as toujours été une garce hautaine." Il me regarde de haut en bas et il n'aime pas ce qu'il voit. « Ma sœur a été gentille avec toi et maintenant tu te comportes comme si tu étais meilleure que nous. Vous n'êtes rien d'autre qu'un déchet.

"Enlève tes putains de mains."

Quand j'entendsDodley», le soulagement m'envahit et je suis capable de bouger. J'ai du mal à me libérer de l'emprise de Lance, mais il ne fait que me serrer plus fort. Un gémissement quitte ma gorge etDodley se rapproche jusqu'à ce qu'il soit juste derrière moi. Je pense que la raison pour laquelle il ne s'est pas déchaîné est parce que je suis entre eux deux et qu'il ne peut pas atteindre Lance sans que je sois une cible.

"Tu veux vraiment te battre pour cette salope?" Je peux sentir la colère monterDodley au point qu'il tremble. Lance est bien plus bête que je ne le pensais. "J'emmerde cette idiote, elle n'en vaut pas la peine."

Lance me pousseDodley et j'essaie de m'enfuir, mais je ne laisserai pas cela arriver.Dodley m'attrape avant que je puisse tomber et je donne un coup de pied, faisant trébucher Lance et l'envoyant face première dans le carrelage. J'entends un grand bruit et du sang coule de son nez, là où il s'est planté le visage.Dodley me libère, s'approche de lui et l'attrape par la peau du cou. Je halete alors qu'il le jette contre le mur puis le tient par la gorge jusqu'à ce que Lance le regarde.

"Si jamais tu penses à nouveau à ma femme, je te traquerai et je couperai cette partie de ton cerveau." Il se penche et serre son cou jusqu'à ce que Lance commence à devenir bleu. J'entends Lance marmonner quelques mots alors qu'il attrape les mains qui lui tiennent le cou, maisDodley il lui met juste un genou dans les couilles avant de le laisser tomber au sol.

Lance fait un bruit de pleurs alors queDodley se tient au-dessus de lui, le défiant de se lever. Je marche derrièreDodley et j'ai posé ma main sur son dos. Il se retourne pour me tenir.

« Est-ce que ça va, chérie ? il demande. Il appelle ensuite la sécurité à venir et à emmener Lance.

"Je vais bien grâce à toi", je réponds en m'appuyant sur sa chaleur. Je regarde les flics exécuter Lance en pleurs, qui marmonne qu'il va poursuivre en justice.Dodley et chaque personne dans cet endroit.

"Hé,"Dodley dit et me fait le regarder. "Êtes-vous prêt à aller?"

Nous ne sommes pas là depuis très longtemps, mais je suis déjà mal à l'aise avec la foule qui se forme à proximité. Je vois quelques personnes que je connais et je me rends compte qu'elles me connaissent aussi. Je veux m'enfuir d'ici et me cacher aussi vite que possible avant que l'embarras ne disparaisse.Dodley.

"Ouais, allons-y." Je baisse la tête et je m'en vais, mais je sensDodley tire sur mon bras. Je regarde en arrière et vois qu'il regarde la foule et tous les gens qui chuchotent. « Pourquoi je n'y vais pas ? Je ne veux pas gâcher ta grande soirée. J'essaie de retirer ma main de la sienne, mais sa poigne ne fait que se resserrer.

Dodley un pas vers le nombre croissant de personnes qui m'accompagnent à ses côtés et je n'ai d'autre choix que de le suivre.

"Bonsoir à tous. Désolé pour ça là-bas, mais Lance Rich et un autre membre de sa famille ne sont pas les bienvenus dans mes immeubles ni en ma présence.Dodley parle assez fort pour que tout le monde puisse l'entendre et la foule devient si silencieuse qu'on pourrait entendre une mouche voler. Il me tire contre lui et porte ma main à sa bouche. Il effleure les jointures de ses lèvres et mon visage brûle lorsque je réalise que tout le monde regarde. «Voici Martine Nicklas», annonce-t-il, puis les marmonnements dans la foule s'amplifient. "Oui, c'est la fille de NicolasNicolas", leur dit-il, répondant à la question que je sais qu'ils murmurent tous, " mais cela ne veut pas dire qu'elle est responsable de ses crimes. Elle est ici avec moi ce soir et elle sera désormais à mes côtés. S'il y a un problème, les panneaux de sortie indiquent la sortie. » Son ton est diplomatique mais définitif. Sans s'excuser.

Sa déclaration ressemble à un feu d'artifice qui explose en moi et mon cœur est prêt à éclater d'amour et de bonheur. Il me revendique devant tout le monde sans se soucier de ce qu'ils pensent.

"C'est tout ce que je vais dire à ce sujet, mais si j'entends un mot contre la femme que j'aime, je m'en prendrai à chaque personne qui parlera contre elle." Il me regarde à nouveau et je sens les larmes commencer à couler. "C'est la femme la plus forte que j'ai jamais rencontrée et j'ai de la chance qu'elle soit à moi."

Sur ces mots, il quitte la pièce et je dois faire deux pas pour suivre ses longues foulées. Avant de pouvoir réfléchir à ce que je fais, je tire sur son bras pour l'arrêter, puis je saute dans ses bras. Il me rattrape et continue de sortir du music-hall et de se diriger vers la voiture qui l'attend dehors. La neige est partout maintenant et elle a rendu tout si beau et parfait. Tout comme monDodley.

Nous montons sur la banquette arrière et il me tire sur ses genoux alors que la voiture s'éloigne du trottoir.

"Je t'aime aussi", dis-je, et il sourit en remettant mes cheveux derrière mes oreilles. "J'ai de la chance de t'avoir aussi."

"Eh bien, on dirait que nous sommes sur la même longueur d'onde", dit-il avant de m'embrasser si profondément que j'oublie que nous sommes à l'arrière d'une voiture avec quelqu'un d'autre qui nous ramène à la maison.

«Je t'aime, Martine, et je pensais chaque mot. Vous êtes bien plus que ce que vous vous attribuez. Mais je serai là tous les jours pour te rappeler à quel point tu es parfait.

Lorsque la voiture s'arrête, nous sommes presque sortis en courant et sommes entrés dans l'ascenseur pour nous emmener au penthouse. Nous sommes tous les deux impatients alors que la grosse boîte métallique nous emmène au sommet où nous pouvons enfin donner à notre corps ce dont il a envie.

Dès que les portes s'ouvrent, il me porte à l'intérieur et tire sur ma robe. Heureusement, j'arrive à défaire les boutons pour que ce ne soit pas abîmé, mais cela finit en tas sur le sol juste à côté de la porte d'entrée.

Nous créons une traînée de vêtements alors que nous nous embrassons jusqu'au canapé. Une fois à côté, je le pousse dessus puis je le chevauche sur ses genoux. Il est complètement nu et j'ai toujours mes jarretières alors que je m'assois et prends sa longueur dure dans ma main. Je guide sa large circonférence entre mes lèvres et je gémis quand il entre en moi. Il serre mes hanches si fort que cela devrait être douloureux, mais j'adore son contact possessif.

Lorsque je suis complètement assis sur lui, nous nous tenons l'un l'autre pendant quelques instants, poussant juste un soupir de soulagement d'être à nouveau réunis. C'est pour cela que mon corps a souffert toute la nuit, et finalement il a ce qu'il veut. Au bout d'un moment, je n'en peux plus et je commence à me balancer sur lui. Il attrape mes fesses et se penche en avant pour sucer mes tétons pendant que je travaille de haut en bas sur toute sa longueur.

Sa grosse bite m'étire pour qu'il n'y ait aucun endroit à l'intérieur qu'il ne touche pas. La friction contre mon clitoris et la sensation de sa bouche sur mon mamelon suffisent à me mettre à bout en quelques secondes. J'ai envie d'attendre et de savourer mon point culminant, mais je suis trop excité.

"Je t'aime tellement chérie. Ne vous retenez pas.

Il peut toujours savoir quand il n'obtient pas tout de moi, et je ne peux pas lui refuser ce qu'il veut. Il est si gentil avec moi que si tout ce qu'il veut, c'est mon plaisir encore et encore, alors ce n'est sûrement pas trop demander.

Je balance mes hanches encore quelques fois, puis mon point culminant arrive. Je me cambre et crie son nom alors qu'il se lève, puis je sens sa semence chaude en moi. Je me serre autour de lui, désespéré d'avoir chaque goutte alors que mon corps se contracte puis se détend. Je suis soulagée, mais ce n'est pas suffisant et mon corps en réclame déjà un autre.

"Je t'emmène au lit, et tu ne te lèves pas tant que je ne le dis pas", dit-il en se levant avec moi toujours sur sa queue et en me portant en direction de la chambre.

Ma chatte picote à chaque pas et je suis entièrement d'accord avec ses exigences. "Tout ce que tu veux, ne t'arrête pas," je t'en supplie. Il me pose sur le matelas et commence à entrer et sortir.

"Jamais", grogne-t-il alors qu'il bouge plus vite et plus fort en moi. "Tu es tout à moi maintenant, tu ne peux plus revenir en arrière."

"Jamais", j'accepte, enroulant mon corps autour de lui et en le serrant fort.

Nous sommes peut-être tous les deux nouveaux dans ce domaine, mais j'ai le sentiment que nous allons très bien nous en sortir. Notre bonheur pour toujours nous attend, et tout ce que nous avons à faire est de nous allonger et de profiter de la balade.

Épilogue

Martine

Quelques mois après...

"Qu'en penses-tu?" je demandeDodley alors qu'il s'approche derrière moi et enroule ses bras autour de moi. J'ai enfin fini de mettre la dernière touche au sapin. Je suis ravi de passer ce Noël quelque part où je veux vraiment être. Je suis à la fois excité et nerveux parce que je veux que tout se passe bien.

"C'est parfait." Il embrasse le haut de ma tête. "Comme toi", ajoute-t-il, me faisant sourire encore plus grand que je ne le suis déjà. Un bourdonnement joyeux flotte autour de moi alors que je regarde les lumières dansantes sur l'arbre, vraiment captivant.

"Ce n'est pas..." Je cherche un mot. "Supplémentaire?" Je me mords la lèvre et le regarde par-dessus mon épaule. Ses yeux sont de nouveau fixés sur l'arbre. Je le vois combattre un sourire. Il essaie d'épargner mes sentiments, ou peut-être de s'épargner lui-même pour que je ne nous oblige pas à tout recommencer.

"C'est vrai, n'est-ce pas ?" J'ai poussé un long soupir et j'ai jeté un coup d'œil autour du reste du salon qui était autrefois dépourvu de contact humain. «On dirait que Noël a explosé ici», j'admets. Posséder ce que j'avais fait ici.DodleyLe corps de tremble alors qu'il essaie de retenir son rire. Au bout d'un moment, je ne peux m'empêcher de le rejoindre parce que c'est tellement exagéré ici. Je suis presque sûr que certaines choses, comme la canne en bonbon lumineuse géante que j'étais assise à côté de la cheminée, étaient destinées à l'extérieur.

"C'est de ta faute !" J'essaie de défendre mes capacités de décoration. "Qui ferme un magasin et dit à quelqu'un d'acheter ce qu'il veut ?" Je lui rappelle son ridicule en me faisant plaisir. Pour Thanksgiving, nous nous sommes rendus chez ses parents et nous nous sommes rencontrés et avons passé du temps ensemble.

Ils ont appelé peu de temps après que tout se soit passé au music-hall. Comme tout dans cette ville, les nouvelles à notre sujet s'étaient répandues comme une traînée de poudre. Nous continuons à faire la une des journaux ici. Contrairement à ce que je craignais, notre histoire s'est transformée en une douce histoire d'amour. Aucun de nous n'a été traîné dans la boue. Le seul inconvénient a été que ma mère est sortie du bois en rampant. C'était secoué lorsqu'elle s'est approchée de moi devant notre immeuble. Aussi vite qu'elle était là, elle a de nouveau disparu de ma vie. J'ai le sentiment que c'étaitDodleyça fait. Je n'ai pas demandé. J'ai goûté à une vie trop douce. J'avais rencontré des parents vraiment gentils et aimants. Je ne retournerais pas à cette vie.

«Je voulais te mettre à l'aise. D'ailleurs, qui veut combattre les foules des fêtes ? Je renifle face à son raisonnement ridicule et je mets ma main sur ma bouche pour étouffer le son. Je m'en fiche du nombre de foisDodley essaie de me dire que c'est un son mignon venant de moi. Je ne l'achèterai jamais. «Je ne t'ai pas entendu te plaindre alors que tu courais dans les allées pour attraper tout», me rappelle-t-il tout de suite.

Je ne peux même pas contester ce point en disant qu'il exagère. Quand nous avons quitté la maison de ses parents, nous avons tous prévu qu'ils viennent chez nous pour Noël. Ils vont rester dans la nouvelle année. Ils veulent tous les deux mieux me connaître. Sa mère faisait déjà allusion à ses petits-enfants dix secondes seulement après que je l'ai rencontrée en personne. J'ai été choqué par la facilité avec laquelle ils m'ont tous deux accueilli dans toute leur vie sans poser de questions. On aurait pu penser que j'étais là depuis des années.

J'aurais eu le courage de demander enfinDodleyLa mère de la deuxième nuit où nous étions chez eux, c'est pourquoi elle m'a si facilement pris. Elle m'a regardé et m'a simplement dit : « Si mon fils t'a choisi, alors je sais que c'est toi. Mon garçon a toujours su ce qu'il voulait et il y va. J'ai compris ce qu'elle disait. SiDodley m'a dit quelque chose, je l'ai pris pour de l'or aussi. Puis elle avait ajouté : « Ça ne fait pas de mal que tu sois la première fille qu'il ramène à la maison ou dont il parle, d'ailleurs. SiDodley ne m'avait pas déjà fait me sentir spécial tous les jours et je n'étais pas déjà follement amoureuse de lui, cela m'aurait envoyé à coup sûr.

Maintenant, ils viennent ici et je voulais que tout soit parfait. Aussi parfait que le Thanksgiving qu'ils ont partagé avec moi. Je veux leur montrer que je me soucie.

Quand j'ai commencé à parler de la nécessité de faire quelque chose à propos de son appartement pour le rendre festif,Dodley n'avait rien manqué pour y arriver. Le lendemain, je courais dans un magasin de vacances comme si j'étais dans une séance de shopping, et j'ai finalement mis la carte de créditDodley m'a donné à utiliser.

« Nous ne les avons jamais installés. Ma mère engageait toujours des gens. J'aime mieux cette façon de faire. Je laisse échapper un autre petit rire. "Même si ça a l'air extra." Cela a l'air d'être un véritable désastre et cela me prend rapidement de l'ampleur. Non, ce n'est pas parfait comme l'aurait fait un professionnel, mais c'est le nôtre.

"Je te l'avais dit, chérie. C'est parfait." Il se retourne et pose ses lèvres contre les miennes. Il a raison. Il est parfait. "Merci de vous soucier autant de faire de ce Noël un Noël parfait pour mes parents."

«Je veux qu'ils veuillent venir ici», j'avoue. RéunionDodleyLes parents m'ont montré à quoi pouvaient vraiment ressembler les parents. J'ai aimé être avec sa mère. Elle adorait moi et me faisait sentir comme si j'étais sa fille. J'attends avec impatience ses appels téléphoniques tous les quelques jours. Son père était aussi gentil que sa mère. Il m'a tellement rappeléDodley avec la façon dont il traitait sa femme.

« Oh, ils vont venir. Je pense que la seule raison pour laquelle ils ne sont pas venus plus tôt est que Noël était si proche et je leur ai dit que je n'étais pas encore prêt à vous partager.

"Tu ne seras jamais prêt à me partager, alors autant t'y habituer", je le taquine, me détachant de son emprise pour aller chercher mon manteau pour notre rendez-vous en amoureux. Je n'arrive pas à faire deux pieds et il me ramène dans son corps.

«Je ne le ferai pas. Pas même après avoir rendu mon dernier souffle sur cette terre. J'en voudrai encore plus. Sa bouche tombe sur la mienne alors que mon cœur palpite. C'est toujours le cas quand il parle de nous comme d'un amour sans fin. Que nous serions toujours ensemble. Il ne m'a pas demandé de l'épouser, mais il dit aux gens que je lui appartiens pour toujours. J'essaie de ne pas me demander pourquoi il ne me l'a pas demandé. Je sais qu'il m'aime et c'est tout ce qui compte.

Je soupire quand nous nous séparons, impatient de rentrer à la maison et nous ne sommes même pas encore partis. « Martine »Dodley prévient. Nous savons tous les deux où cela nous mène. Il n'est pas rare que nous manquions un rendez-vous amoureux parce que nous nous retrouvons au lit.

"Alors laisse-moi prendre mon manteau", dis-je.

"Je vais chercher ton manteau." Il me prend la main et me conduit vers la porte. Cela ne prend pas longtemps et nous sommes à l'arrière d'une voiture de ville. Cela me rappelle l'époque où je conduisais les gens. Je ne détestais pas ce travail, même si je m'épuisais à le faire. J'étais toujours en mouvement, essayant de gagner chaque centime possible. Peut-être que ça me manquerait même si ce n'était pas le casDodley. Cet homme m'occupe de toutes les manières.

Notre passion pour la ville s'est fusionnée. J'adore l'aider ici et là. J'ai évoqué la recherche d'un autre emploi car il détestait que je conduise et que je laisse des gens au hasard monter dans ma voiture. Il était sûr que quelqu'un me prendrait. Je dois admettre que cela ne blesse pas mon ego qu'il pense que tout le monde me veut. C'est un bon changement par rapport au sentiment que personne ne veut être vu avec moi. Mais il fait toujours ça. Il guérit des parties de moi dont je ne savais pas qu'elles avaient été endommagées.

Il m'a dit qu'il avait besoin de moi à ses côtés. J'étais heureux d'être là, donc je n'en ai pas reparlé. Je voulais être à ses côtés, mais je voulais m'assurer qu'il le voulait aussi.

Sans oublier que je suis presque sûre d'être enceinte. Je ne l'ai même pas ditDodley encore. À quelques jours de Noël, je pense que je vais le faire à ce moment-là. Je sais qu'il sera heureux. Son manque de soin en matière de protection le montre clairement. Alors faites toutes les choses sales qu'il dit quand nous faisons l'amour. Il a dit qu'il allait me mettre en cloque une douzaine de fois pendant que nous faisions l'amour. À chaque fois, cela m'envoyait au bord de l'orgasme.

Ma bouche s'ouvre alors que nous arrivons devant l'ancienne salle de cinéma. C'est celui que j'ai croisé plusieurs fois. "Dodley?" Je demande. Il me fait un sourire et me sort de la voiture.

"Tu as dit que tu pensais qu'il fallait un peu d'amour." Il hausse les épaules. « Alors je l'ai acheté. S'il a besoin d'un peu d'amour, nous le lui donnerons.

« Vous venez de l'acheter ? Juste comme ça?" Mes yeux pleurent. Il s'arrête de marcher et m'attire contre lui.

"Chérie, tu sais ce que tes larmes me font."

« Ce sont des larmes de joie. Ils ne comptent pas. Je dis la même chose que je fais toujours quand il m'étouffe.

"Viens. Il y a plus." Lorsque nous entrons dans le théâtre, je peux dire que quelqu'un a déjà commencé à nettoyer les lieux. J'ai le souffle coupé lorsque nous entrons dans l'une des pièces. Des pétales de roses sont éparpillés dans l'allée. La pièce est remplie de lumière provenant de bougies partout.

"Dodley. Tu ne vas vraiment pas aimer ça," lui dis-je alors que les larmes coulent sur mes joues. Il me sourit avant de déposer des baisers sur mes joues pour les arrêter. Quand je crois enfin que je l'ai sous contrôle, il me recommence en tombant à genoux.

«Je mourais d'envie de te demander quelque chose, ma chérie. L'attente m'a presque tué, mais je voulais que ce soit parfait pour toi.

"Pour moi." Je répète ses paroles.

"Toujours." Il glisse la bague en diamant à mon doigt. «Dis-moi que tu m'épouseras», exige-t-il.

J'ai envie de le taquiner, mais je n'ai pas ça en moi. Je me jette sur lui. Il m'attrape facilement et m'embrasse profondément.

"Je vais t'épouser", je laisse échapper lorsque nos bouches se séparent enfin. "Maintenant, ramène-moi à la maison et fais-moi l'amour." C'est moi qui émets la demande cette fois.

"Es-tu sûr? J'avais des projets pour nous. Je commence à répondre mais m'arrête lorsque l'écran devant la salle s'allume. Un halètement me quitte quand Annie commence à jouer.

"Tu t'en es souvenu."

"Tu te souviens?" Il éclate de rire. «Je ne me souviens pas seulement de toi, Martine. Je voulais que tu voies que je passerai ma vie à te rendre heureux. Ce soir, c'était un avant-goût de ce que nous aurons ensemble.

"Nous aurons tout", je termine pour lui. "Et peut-être un de plus." Il lui faut un moment pour que mes paroles s'imprègnent.

"Et puis un autre", ajoute-t-il. J'éclatai de rire.

« Concentrons-nous sur un seul », dis-je.

"Ou nous pourrions nous entraîner davantage." Il me soulève et nous finissons par rater le film. Nous écrirons le nôtre avec bonheur pour toujours.

Épilogue

Dodley

Plusieurs années plus tard....

Je regarde ma femme qui fredonne doucement, regardant par la grande fenêtre donnant sur notre jardin. Sa robe rouge moelleuse tombe d'une épaule alors qu'elle remue son café avant de prendre une petite gorgée et de le poser.

Déjà ma bite sursaute, voulant que je me rapproche d'elle. Ni lui ni moi n'étions heureux lorsque nous nous sommes réveillés dans un lit vide. Je jette un coup d'œil à l'horloge, me demandant combien de temps il nous reste avant que les enfants ne descendent les escaliers en courant. Probablement pas grand-chose puisque c'est le matin de Noël. Pourtant, je vais tenter ma chance. Je sais que je ne passerai pas beaucoup de temps seul avec ma femme aujourd'hui. La maison va être remplie de famille et d'amis, ce que j'apprécie habituellement, mais pour le moment, mon esprit n'a qu'un seul objectif et c'est ma femme, qui a réussi d'une manière ou d'une autre à se glisser du lit sur moi.

Elle n'a pas fait ça depuis la première nuit où je l'ai trouvée. Je souris au souvenir. On n'a pas l'impression que dix ans se sont écoulés, mais c'est le cas. Chacun d'entre eux est plus que ce que j'aurais pu demander. Aujourd'hui encore, cela m'énerve encore de voir qu'il y a toutes ces années, les gens ont essayé de l'éviter. Je ne pense pas que ce soit quelque chose qui disparaîtra un jour pour moi, même si ce n'est plus un problème sur son radar.

Même sa mère qui partait sans un regard en arrière jusqu'à ce qu'elle sente l'argent. Après avoir appris dans les journaux que Martine et moi étions ensemble et que je ne signerais jamais de contrat de mariage, elle n'a pas mis longtemps à se présenter. Un regard sur le visage de ma femme et je savais ce qu'il fallait faire. Je n'aimais pas être un connard, mais quand il s'agissait d'elle ou de ma famille, je n'avais aucun problème à en être un.

Elle me regarde par-dessus son épaule et me fait un sourire enjoué. "Tu ne m'as jamais laissé aller loin, n'est-ce pas?" Lorsqu'elle se retourne, sa robe glisse plus loin de son épaule. Elle se mord la lèvre en pleine conscience de ce qu'elle me fait. Je retiens mon souffle lorsque sa robe s'ouvre, révélant le même négligé rouge qu'elle portait la nuit dernière, quand nous avions fini de jouer au Père Noël. Je pensais avoir gâché le truc. J'aurais juré avoir entendu le tissu se déchirer, mais ce n'était pas ce à quoi je pensais à ce moment-là. Je l'avais jeté derrière nous en la poussant sur le lit.

« C'en est une autre. J'aime ça, alors ne déchire pas celui-ci », prévient-elle. Je rirais du fait qu'elle savait à l'avance qu'elle aurait besoin de déshabillés supplémentaires. Mais je suis trop excité pour rire. "Cela correspond en fait à mon baby bump." Elle désigne la petite bosse qui s'est fait beaucoup connaître ces dernières semaines. Ses seins rebondissent avec l'action. J'ai l'eau à la bouche en pensant à la douceur supplémentaire que ses tétons auront bientôt.

Je bouge, effaçant la distance entre nous. Elle rigole davantage tandis que je la soulève doucement et la pose sur le comptoir de la cuisine. Je prends sa bouche dans un profond baiser, coupant son rire et goûtant la douceur de son café. Elle gémit dans ma bouche et écarte davantage les jambes pour moi. Je sais ce qu'elle veut. Je saisis ses cuisses, les écarte pour moi et me mets bien et confortablement, car je ne bouge pas jusqu'à ce que je goûte davantage à elle.

Peu m'importe que mes parents soient à l'étage, avec notre fils et notre petite fille. Aucun homme ne pourrait se détourner d'elle s'il savait qu'elle était à eux.

Je me mets à genoux, jetant ses jambes par-dessus mon épaule. Je grogne quand je vois qu'elle n'a pas de culotte. Je ne perds pas de temps à sucer et à manger ma femme jusqu'à ce qu'elle me supplie d'arrêter.

"Dodley.» Elle tire légèrement sur mes cheveux. Je souris contre sa chatte avant de lui donner un dernier baiser, puis un sur chacune de ses cuisses en me levant.

Elle laisse échapper un joli bourdonnement en posant sa tête contre ma poitrine.

"Il neigeait. Je voulais voir », dit-elle avec un soupir rêveur.

« Les enfants seront ravis. Je ne me souviens pas de notre dernier Noël blanc. Elle acquiesce et je sais qu'elle a encore sommeil. Je la retire du comptoir et retourne dans notre chambre.

Nous avons trouvé un logement en dehors de la ville peu de temps après notre mariage. Nous pourrions ainsi avoir le meilleur des deux mondes. Mes parents ont acheté une maison non loin de chez nous pour passer plus de temps avec nous. Ils aimaient trop être grands-parents pour s'absenter longtemps.

Non seulement cela, mais ils ont pris ma femme comme la leur. À leurs yeux, c'est leur fille. Je sais à quel point ma chérie aimait ça.

Je l'allonge sur le lit, voulant qu'elle se repose. Ses pieds ont enflé lors de ses deux dernières grossesses et je me fais un devoir de m'assurer que ce ne soit pas le cas cette fois-ci. Je me fiche de ce que le médecin a dit : c'est normal et cela va arriver. Elle détestait ça. Ce qui signifiait que je détestais ça et que je le réparerais.

"Dormir. Je vais commencer le petit-déjeuner. J'effleure ma bouche contre la sienne. J'essaie de reculer, mais elle ne me laisse pas partir. Je ris. Je pourrais m'éloigner, mais je ne peux jamais me résoudre à me séparer d'elle. Pas depuis le moment où je l'ai trouvée. Je jure que c'est même douloureux d'être loin d'elle trop longtemps.

"Nous n'avions pas fini", souffle-t-elle en essayant de me tirer sur le lit. Je devrais lui dire non. Un homme meilleur laisserait sa femme enceinte dormir, mais comme toujours, je lui donne ce qu'elle veut. Ce que nous voulons tous les deux. Comme j'ai l'intention de le faire pour toujours.

LA FIN!

Don't miss out!

Visit the website below and you can sign up to receive emails whenever Ashley Colem publishes a new book. There's no charge and no obligation.

https://books2read.com/r/B-A-TMQAB-NMRQC

BOOKS 2 READ

Connecting independent readers to independent writers.

Did you love *La Femme de ses Rêves: Il est obsédé par la jeune beauté qui lui a volé son cœur*? Then you should read *Le No 1 des Connards: Il ne cherche pas d'excuses pour ce qu'il est ou ce qu'il fait*[1] by Ashley Colem!

[2]

J'aime les femmes. J'adore baiser. Je ne réponds pas aux appels. Bon sang, je ne prends pas de numéro de téléphone ! Je ne baise pas une nana deux fois, parce qu'après une fois, je n'ai plus aucun intérêt et je ne fais pas l'amour.

Je ne cherche pas d'excuses pour ce que je suis ou ce que je fais. Je suis un connard.

En fait, je suis le roi des connards, et c'est plutôt approprié parce que je suis Steve Binsin.

Puis elle est arrivée, et maintenant je suis royalement foutu !

---

1. https://books2read.com/u/4jEeMj

2. https://books2read.com/u/4jEeMj

Also by Ashley Colem

Bien Trop Brutal

Obsede Par Elle

Limite dépassée

Amour Improbable

Kataliya, la Parfaite Élue

Le Choix Ultime d'un Seul Amour

Réveille-toi, Barbara

Sexe à Répétition

Taïna est en feu

La Femme de ses Rêves: Il est obsédé par la jeune beauté qui lui a volé son cœur

Le No 1 des Connards: Il ne cherche pas d'excuses pour ce qu'il est ou ce qu'il fait